U0037979

@小說

青春・愛情・物語

サヨナラ自転車

離別前，再說一次再見

櫻川咲渚
櫻川さなぎ◎著
許金玉◎譯

你不在以後，一切都變了。

目次

登場人物介紹

成瀨亞優　橫須賀北陽學園高中二年級。
個性乖巧但很有主見，參加管樂社。

和久井俊輔　橫須賀北陽學園高中二年級。
亞優的青梅竹馬，是性格開朗活潑的開心果。參加足球社，擔任前鋒。

二宮拓己　橫須賀北陽學園高中二年級。
亞優的青梅竹馬，個性冷淡，精通所有運動。參加足球社，擔任中場。

成瀨章吾　橫須賀北陽學園高中三年級。
亞優的哥哥，和俊輔及拓己的感情也很好。參加足球社，擔任後衛。

宗方浩樹　橫須賀北陽學園高中三年級。
章吾的好友，參加足球社，擔任前鋒。

寺田日南子

橫須賀北陽學園高中二年級。
亞優的好友，參加管樂社，有話直說的大姊姊性格。

山本貴也

橫須賀北陽學園高中二年級。
日南子的男友。

北村由梨

橫須賀北陽學園高中三年級。
管樂社社長，熱中練習，對學弟妹很嚴厲。

井上芹香

橫須賀北陽學園高中二年級。
足球社的經理，在班上是如同偶像般的美少女。

酒井先生

俊輔敬仰的公寓鄰居。
二十多歲，自由業，是俊輔很好的商量對象。

序章

「嗨，亞優，妳回來啦。」

我握著自己房間的門把，半張著嘴杵在原地。手上的小顆橘子掉到地上，發出咚的沉悶聲。橘色團塊朝著房內滾去，一隻大手輕鬆地撿了起來。

「妳在幹嘛啊？明明老是叫別人不能糟蹋食物。」

盤腿坐在茶几前的和久井俊輔故意語帶責怪地說，逕自剝起橘子皮。他摘下其中的柔軟橘肉後，忽然看向我。

妳站在那裡做什麼啊？

可以看出那對清秀立體的大眼睛在這麼問我，但是……

——怎麼看這都是我要說的話。

「俊輔，你怎麼會……」

我低聲呢喃。俊輔先將目光投向手上的橘子，原以為他要送進嘴裡，他卻直接放在剝下來的橘子皮上。

「我怎麼會什麼？」

「……」

俊輔歪過頭問僵立不動的我，鬆開高中制服的領帶，「嗯——」地伸了個懶腰，靠在背後的床上。

「呼……總之妳先進來吧。亞優，用不著客氣。」

「這裡是我的房間。」

這樣的對話已經熟悉到我不禁反射性地如此回嘴。

沒錯，住在隔壁的俊輔像這樣擅自跑進我房間打混休息已是家常便飯，本來我不需要這麼吃驚。

「呃……俊輔。」

「嗯——？」

「你去找過拓己了嗎？」

俊輔眨了眨眼睛。

「今天嗎？……不，我還沒去找他。」

「是喔……」

腦中浮現了二宮拓己穿著制服靜靜佇立時，那張淡漠的側臉。從小兩人就一直是形影不離的死黨，所以我以為他理所當然地會先去見拓己，而不是我。但轉念想想，拓己直到剛才都和我在一起，人在這裡的俊輔自然不可能先去見他。

＊

第一次遇見兩人，是小學三年級的春天。

才剛搬到橫須賀的我，在大一歲的哥哥帶領下，走到上學路隊的集合地點。那兩人正揹著硬式書包，肩並著肩坐在櫻花散盡小教會前的護欄上。

「我是剛搬到這裡來，四年級的成瀨章吾。這位是我妹妹……喏，亞優，自己打招呼吧。」

在哥哥身後低垂腦袋的我忐忑不安地抬起頭。和久井俊輔興致勃勃地打量我的臉龐，二宮拓已則繼續面向他方。透過繡在校帽上的深粉色線條，我知道兩人和自己一樣是小學三年級。

「我是成瀨亞優……請多多指教……」

「啊——妳好，以後好好相處吧！」

俊輔害羞地低下頭去，拓已只是瞄了我一眼。

那天，在抵達學校前的那段時間，哥哥和我知道了二宮拓已是坡道下面「二宮自行車行」老闆的兒子，俊輔則住在我們家隔壁的公寓。但這些事全是由俊輔開口說明，拓已一句話也沒有說。

——能成為朋友的人，一定是俊輔。

而我的第一印象也沒有出錯。

住在隔壁的俊輔看上了哥哥的電玩遊戲，經常跑來我們家玩。原本他的個性就活潑開朗，也很快和我母親打好關係，不知不覺間儼然成了我們家的一分子。儘管俊輔每次都帶著拓已一起過來，但我幾乎沒有和他交談過；連坐在同一張桌子旁吃點心時，視線也完全沒有交會。

——他討厭我嗎？

還是小學生的我茫然想著，所以——

「妳要來嗎？」

當三個人一起放學回家，半路上拓己這麼問我時，我花了點時間才明白他是在邀請我去參加他的生日派對。

「咦？什麼嘛，拓己，原來你會約亞優。明明你拒絕了理加，說不約女生。」

俊輔調侃後，拓己一臉無趣，只是說了：

「這傢伙沒關係。」

「哼……」俊輔嘟起嘴，看到我的臉龐火熱發燙後，又「哼……」了一聲。

認識後過了六年，我們進入當地的同一所高中就讀。為了方便上下學，我們三人買了拓己父親推薦的同款不同色自行車。拓己是藍色，俊輔是黑色，我是黃色。雖然高中生活各自都很忙碌，已經不再一起上下學，但相同款式的自行車像是還保留著年幼時的親密關係，將三個人串連在一起，我為此感到很高興。

——直到那個駭人的夜晚來臨為止。

「妳在發什麼呆啊？」

俊輔的聲音讓我猛然回神。大概是下意識間出了力，緊握著門把的手十分僵硬。

——居然想起了這麼久以前的事，一定是因為腦袋太混亂了，總之先冷靜下來吧。發生在眼前的光景不可能是現實，只是太過真實的夢境，肯定是這樣。

我用力做了一個深呼吸，也許是受我影響，俊輔打了一個大呵欠。

「啊——總覺得好想睡。」

他大力搓揉眼睛，懶洋洋地將頭靠在牆邊的床上，愜意地仰望天花板。

「今天叔叔跟阿姨呢？去上班了嗎？」

「不是，今天是星期天。」

「啊，對喔。可是妳……」

俊輔撐起頭，盯著我看了老半天。

「妳怎麼星期天還穿制服，去了學校嗎？」

俊輔這麼問，似乎忘了自己也穿著制服。隔了三個月不見的制服裝扮，讓我有點想哭。

「不是去學校。」

「那是為什麼？」

「為了參加法事。」

「法事？」

俊輔思考了一瞬。

「咦？有人過世了嗎？」

「就是俊輔啊。」

「……」

俊輔聽到我的回答睜大雙眼，呆呆地張著嘴巴。

「咦……我嗎？」

「對。俊輔──你忘記自己已經死了嗎？」

第一章

1

真討厭下雨……

我站在玄關，抬頭望著落下無數雨滴的灰色憂鬱天空。都還沒有踏出家門一步，剛換季的西裝外套手肘處就吸收了雨水，變成深灰色。

記得小學的時候，要上學的日子只要下起雨，我都會穿上長筒雨靴，興高采烈地從一個水窪跳到另一個水窪。但如今我完全想不起來當時的心情，究竟是哪裡讓我覺得那麼好玩。現在我是高中生了，腳上當然不再是長筒雨靴，而是樂福鞋。

——在走到公車站之前，連襪子也會濕透吧……

我嘆了一口氣，打開和晴空一樣美麗的水藍色雨傘。

步出大門，右手邊是上坡，左手邊是下坡，每次上學都必須走下這條傾斜的坡道。道路有如戴著蹄鐵的馬留下了足跡般凹凸不平，上頭雨水慢吞吞地沖流而下。下坡盡頭是T字路口，像終點線一樣圍起的護欄後頭是一條狹小河流。我從河流別開目光，在坡道半路上向右轉。

——昨天那是怎麼回事……

立於轉角的轉彎鏡柱子映入眼簾，看見柱子鮮豔的橘色，我的大腦聯想到了橘子。

俊輔突然出現在我房裡，而且……不偏不倚就在為他本人舉辦法事的日子。

過了一晚以後，兩人交談時的真實感，以及我緊握著門把，呆站在走廊上時，地板的冰涼觸感仍殘留著。我不認為他是鬼魂那種可怕的東西，自己更不可能是站著睡著了，但是……

驀然回過神時，原先在我眼前的俊輔消失了。橘子還帶著皮，孤零零地滾落在茶几旁。

＊

走到馬路上，遠處可以看見公車站的同時，雨勢變得更猛烈，樂福鞋內的情況已是慘不忍睹。要是沒有帶替換用的襪子，我就得光著腳丫穿室內鞋，用那種丟臉的模樣度過一整天了。想到這裡，我在心中不安地「咦？」了一聲。

我真的把襪子放進去了嗎……？

我忍不住停在原地，低頭看著自己的腳尖思索。現在雨下個不停，我不可能站在這裡打開書包確認，更何況就算忘記帶了，也沒有心力回家拿。

沒辦法，最糟糕的結果就是打赤腳吧。

我做好覺悟將錯就錯，腳步聲吱嗒作響地走向公車站——左手邊的小路忽然出現一支塑膠雨傘。

我險些要「啊」地叫出聲，慌忙噤了回去。雨傘的主人正要走向公車站，察覺到我的氣息後回過頭。有些過長的劉海底下，冷淡的雙眼攫住了我。

——拓己，早安。

直到最近都還毫不遲疑地喊出的這句寒暄，哽在喉嚨深處沒有出口。我們僅一瞬間視線交錯，拓己立即別開臉，美麗的雙眼消失在雨傘下。

——果然……

心情沉甸甸地幾乎要往下落，我趕在伸手無法觸及之前撈了回來。

別在意、別在意。

況且真是太好了。反正就算出聲喊他，也會被無視，那樣太丟臉了……所以，他在我主動開口打招呼之前就先別開頭，真是太好了。

儘管並沒有人看著我，我還是儘可能裝作滿不在乎，走在拓己後頭。他斜揹著的偌大足球運動背包上，熊造形的鑰匙圈搖搖晃晃。吸了水的樂福鞋變得很重，我覺得自己就要融入雨中，伴雨一同沉落。

對了，我想起來了。小學的時候，即使下雨天也很開心，是因為……

上學路隊是和他們兩人一起。因為當時能和拓己、俊輔一起興高采烈地在水窪之間跳來跳去。

我舉起雨傘，仰望色澤依舊憂鬱的天空。雨滴想當然地落在臉上，像淚水一樣打濕了我的臉頰。

俊輔……

拓己他啊——現在甚至不再跟我說早安了。

2

「——好土！那對赤腳是怎麼回事？妳是野生動物嗎！」

「……」

我打開教室後方的置物櫃門板，才剛到校的寺田日南子立即出聲取笑，我朝她露出了可憐兮兮的表情。

「我也沒辦法嘛，忘記帶替換用的襪子了……」

我將裝在塑膠袋裡濕答答的藏青色襪子放進置物櫃，直接穿著室內鞋的兩隻腳冷冰冰的，只好互相來回摩擦。

「受不了，亞優妳在幹嘛啊？妳這樣子可不行喔，藏青色襪子可是占了制服女生魅力的八成耶。」

「這麼多？」

「對啊。所以妳要記住，就算忘了內褲，也別忘了藏青色襪子。」

日南子拍了一下我的屁股。我時常覺得，她的個性與我媽媽真是如出一轍。但如果將她和豪邁的四十幾歲主婦相提並論，她肯定氣得七竅生煙，所以我一直沒說就是了。

「亞優。」

有人從背後呼喚，我回過頭去，眼前是一張彷彿花兒盛開般嬌美的笑容。

「妳不嫌棄的話，要不要穿這雙？」

同班同學井上芹香拿著摺得整整齊齊的藏青色襪子站在那裡。

「我本來想帶來學校換的，但幸好襪子沒有濕。如果妳不嫌棄的話囉。」

「……」

我的目光越過她遞出的藏青色襪子，落在她美麗的髮絲上。微彎的髮尾蓬鬆飄逸，染作灰棕色的頭髮每次走路都跟著晃動。

『我大概……比較喜歡黑髮吧。』

「——謝謝妳。」

我綻開笑容，伸出雙手。

「我剛好很傷腦筋呢。本來還心想沒辦法，只能光著腳丫了，但想不到今天滿冷的。」

「是呀——來，隨時還我都可以喔。」

花兒再度輕柔盛開，她的笑容柔美又閃閃動人——對我來說有些太耀眼了。

「亞優，太好了呢。」

日南子從旁將手「砰」地放在我肩膀上，還在手上施力……感覺就像母親在鼓勵我一樣。

＊

「現在這個時期，各個社團的三年級會開始慢慢引退，身為二年級的各位責任勢必會加重。千萬小心別不經大腦魯莽行事，為社團造成麻煩——」

早晨的班會時間像是開啟學校一天生活的儀式，也像是一段準備時間，以老師的叮嚀為背景音樂，將自己昏昏欲睡的心靈切換至上學模式。

班導向居老師年輕又白淨，五官有些平淡無奇，講話的內容總是和今天領帶的顏色一起朦朧失焦、不得要領。聽他說話比起左耳進右耳出，更像是耳朵進鼻子出。

「呃，那麼還有一件事……」

老師垂下視線看向手邊的備忘錄時，靠走廊的某個人朝著窗邊扔去一塊白色的東西，精準地擊中了某人的腦袋，彈起後「咚」地掉落在地。低頭看向走道，是揉作一團的棉紗手套。噗哧的笑聲此起彼落響起，老師環視台下。

「喂，請安靜——」

他慢吞吞的拉長尾音讓大家又一次輕笑出聲。

我面向著老師，僅用眼角餘光看向窗邊。從最前排數來第三個，如今空無一人的座位。不過三個月前，俊輔還坐在那裡。

『喂，各位同學，老師正在說話，你們乖乖聽啦。』

才剛升上二年級不久，俊輔曾有一次生氣地這麼說過。

新認識的班上同學們為了縮短彼此的距離，經常試圖以說某人的壞話來加深彼此之間的友誼。而在這個班上，是班導成了大家的目標。

並不是霸凌那麼嚴重的事，只是在老師說話的時候，某人會動手做些有點瞧不起老師的惡作劇，大家再一起笑出來，類似一種團結的儀式。

老師是大人了，這跟霸凌才不一樣，對吧？

對大家來說，那不過是無傷大雅的遊戲，但是——

『我覺得這樣子做不好，因為如果是自己遇到同樣的事情，會很難過吧？』

俊輔煩躁地說，從此以後，大家就停止了惡作劇。

俊輔並不是優等生，也不特別具有領袖風範。足球社不需要晨練的下雨天每次都睡過頭，導致班會遲到，也經常在上課時睡覺，惹得老師生氣。

可是，大家都喜歡俊輔，所以才會被他直率的話語打動吧！也才會在俊輔不在了以後，幾乎都不提到他的名字。因為一想起來，就會想見他；一想起來，就會難過得不能自已。

「起立——」

配合值日生的慵懶口令，大家喀答喀答地移動椅子，有氣無力地站起來。

「敬禮——」

向居老師低下頭的瞬間，我在眼角餘光中捕捉到了一道從窗邊飛往走廊的白色軌跡。

3

「亞優，妳目前為止一次也沒染過頭髮嗎？」

在各式各樣的樂器聲紛飛交錯的音樂教室裡，日南子的聲音一樣莫名清亮。我的雙眼沒有離開樂譜，「嗯……」地含糊應聲後，頭髮突然被人往旁拉扯。

「痛……」

我皺起臉，朝坐在旁邊椅子上的日南子投去抗議的視線。

「日南子，用拉的會痛耶……好歹我這是真髮。」

日南子動作俐落地用大腿夾住單簧管，好像沒有聽到我的抱怨，將自己的褐髮與我的頭髮併拿在一起，嘆著大氣。

「真有光澤耶，好羨慕妳。看起來絲毫沒有受損。」

「這是……因為我沒有燙髮或染髮啊。」

我抽回身體，頭髮逃離日南子的魔掌，勾勒出了流暢的弧度。

——啊，我剛才打算吹哪裡……

我換手拿單簧管，稍微往前傾身凝視樂譜。

今天大家的吹奏聲比平常更響亮。因為下雨天，練習時關上了所有窗戶，無處可逃的樂聲暢行無阻地刺激著鼓膜。合奏的時候，管樂社的演奏相當悅耳動聽，但大家獨自練習時各自吹奏的樂聲——雖然身為社員的我不該這麼說——但我覺得只是單純的噪音。

「妳為什麼不去用？」

「咦？什麼？」

我放棄了好不容易就要找到的段落，再次看向日南子。

「頭髮啊——亞優的眼睛是漂亮的褐色，如果染灰棕色，感覺很適合妳。」

「……」

腦海中掠過了那美麗的灰棕色頭髮，蓬鬆飄逸，浪漫的微鬈。透著太陽光，柔軟地搖來晃去，搖來晃去——

「為什麼嗎……」為了切斷思考，我偏過頭。「為什麼呢？也沒什麼理由，只是沒有一個契機吧。」

「哦……」

「倒是妳怎麼了？怎麼突然在意起髮質，發生了什麼事嗎？」

「妳聽我說啦，剛才放學的時候啊——」

先前為了練習擦掉了唇蜜的日南子，不滿地噘起有些乾澀的嘴唇。

「貴也竟然對我說：『妳只有指甲和睫毛會弄得很漂亮，但頭髮好亂。』」

「貴也同學嗎？」

「我氣得揍了他一拳，但其實超級沮喪。」

貴也同學是日南子的男朋友。彼此說話都很直截了當，每次聽見他們像在互丟高速球的對話，我都覺得有趣而噗哧失笑。日南子鬧彆扭時，鼓得圓滾滾的腮幫子很可愛，我不禁嘻嘻笑了起來。

「應該不是亂，意思是說妳的髮尾很毛燥吧？但妳平常都捲得很漂亮可愛啊。」

「話是沒錯，但太常使用捲髮器，髮質真的會受損得很嚴重。討厭，事到如今才要護髮感覺好麻煩，乾脆一口氣剪成鮑伯頭吧——」

日南子嘟嘟囔囔發著牢騷，靠在椅背上，忽然「啊」的一聲注意到了什麼，懶洋洋地坐正姿勢。循著她的視線望去，只見管樂社的社長北村由梨學姊正從感覺很神經質的眼鏡底下，充滿威嚇性地瞪著這邊，手上定音鼓用的鼓槌看來簡直就像武器。日南子莫名其妙地戳了戳我的側腹，無奈之下我向學姊露出了討好的笑容，她才迅速別開視線。

明明我很認真在練習……

我為不合理的待遇感到不滿，看向音樂教室前方的大時鐘，個人練習時間剩下不到十分鐘。為了不影響接下來的分組練習，至少要練到順暢才行。

集中、集中，我說給自己聽，把譜架上彎曲鞠躬的樂譜擺正。

『我大概……比較喜歡黑髮吧。』

為了甩開殘留在耳朵深處的那道聲音，我做了一個深呼吸，然後將吹嘴貼在嘴唇上。

＊

結束練習，正收拾樂器時，旁邊響起了手機鈴聲。發現是貴也同學寄來的簡訊後，日南子一臉不耐但又開心地火速整理起東西，揮揮手說：「明天見囉。」便走出了音樂教室。

——真好，有人在等她。

想到得一個人走在昏暗的路上回家，我悶悶不樂地將書包揹在肩上，就在這時——

「成瀨學妹。」

北村社長叫了我的名字。

——嗚哇，不祥的預感……

原本在旁邊悠哉聊天的社員們突然開始忙碌地準備回家。

「不好意思，妳能幫忙我保養樂器嗎？」

「……」

我強壓下想抱住頭的衝動，帶著笑臉回道：「我知道了。」然後放下書包。

——沒辦法，反正接下來也沒事……

我在心底咳聲嘆氣，望向微暗的窗外。

雨還沒有停。

＊

保養的協助工作結束後，走出音樂教室時已過五點半。我走在昏暗的走廊上，抵達校舍出入口時，自並排林立的鞋櫃之間瞥見了同撐一把傘的男女背影。是日南子他們嗎？我在腦海一隅裡這樣想著，換上還有些潮濕的樂福鞋，走向傘架。

——咦？

我定在原地不動。

不見了。

為防萬一我也察看了其他年級的傘架，但都找不到我的水藍色雨傘。如果是有人拿錯的話，應該會有類似的雨傘留下來才對，但現場只剩下已經無法使用、斷裂的傘骨慘烈地往外凸出的塑膠雨傘。

——天哪……太慘了吧……

我望著玻璃門外敲打於地的傾盆大雨，不知如何是好。一瞬間我想到「如果哥哥還在學校的話」，但馬上想起了剛才去社團的路上，曾看見他與女朋友小惠一起甜蜜地離開學校，便嘆了口氣。

從足球社引退以後，哥哥就變得很常與女友或朋友在外面待到很晚。

教室的置物櫃裡有備用摺疊傘嗎……

不抱太多期待，但還是去看看好了。我回到鞋櫃旁，脫下才剛換上的樂福鞋。

＊

燈光照明只到樓梯為止，二年級教室所在的三樓走廊一片漆黑。

嗚……這樣子真的很可怕……

我膽顫心驚地往走廊探出頭後，「咦」地輕叫一聲，從我們班延伸出了一條橫切過走廊的光帶。

——有人在嗎？

雨這麼大，運動社團的學生應該做完輕量訓練就回家了，況且傘架幾乎空空如也，應該沒什麼學生還留在學校。

總之，教室亮著燈讓我鬆了一口氣，重新揹好快要滑下去的背帶，朝教室邁出步伐。平常這個時間，校園總會傳來運動社團的吆喝聲與球的彈跳聲響，但現在這條細長昏暗的空間裡，我只聽見雨聲和自己的腳步聲。

『我最討厭雨傘被人偷走了。那樣子很卑鄙耶，超讓人火大的。』

想起了從前俊輔說過的話，我呵地莞爾失笑。

『所以我發現這麼做是最好的辦法，很完美吧？』

那是什麼時候的事了呢？我記得是國中，但無法確切回想起是幾年級。記得是足球社因下雨天取消練習，三個人久違地一起回家時，我的雨傘像今天一樣不見了。

＊

「妳幹嘛不寫上名字啊？」

放學後在校舍出入口，俊輔無言以對又懊惱得像自己的傘被偷了似的對我說。

「因為……寫上名字很丟臉嘛，那把雨傘很可愛耶。」

心愛的格子花紋雨傘不見了以後，大受打擊的我欲哭無淚地反駁。

「不過，就算寫了名字，會偷的人還是照偷不誤吧。」

拓己說完，俊輔「哼哼」一聲，得意洋洋地仰起下巴。

「你們太天真了——看看這個！」

看著遞到眼前來的塑膠雨傘，我和拓己同時「咦？」了一聲。

「我最討厭雨傘被人偷走了。那樣子很卑鄙耶，超讓人火大的。所以——」

「啪沙」一聲，產生的風輕柔地吹動了我的劉海。打開的雨傘在傘骨與傘骨間的空間上，依序用油性筆寫下了「和、久、井、俊、輔」五個大字。

「我發現這麼做是最好的辦法，很完美吧？……啊，喂，你們也笑得太誇張了吧！」

後來，我堅決地拒絕了俊輔「撐我的傘一起走吧」的提議，只好與拓己首次同撐一把傘。

之後的事大概是因為緊張，我幾乎沒有記憶。但是，我記得當時俊輔臭著臉走在前面，不時回過頭來，而負責撐傘的拓己，露在傘外的另一邊襯衫袖子濕得透明。

還有——俊輔當天就將那把寫了名字的雨傘遺忘在公車上。

＊

——受不了，那傢伙真的是個笨蛋……

我懷念得揚起嘴角，但思考很快被拉回現實，瞬間又沒了力氣。

如果現在俊輔還在身邊的話……他大概又會生我的氣，抱怨地說些「所以我才叫妳寫名字嘛」之類的……

我抬起低垂的臉龐，走到離教室只剩數公尺距離的地方。都走到這裡了，但對於自己是否準備了備用傘，我卻一點信心也沒有。總之只能確認看看，沒有的話就要淋成落湯雞回家了。就在我作好了心理準備的時候——

——撲通。

我突然停下腳步。

——撲通。

心臟像感受到了某種預兆般猛烈跳動起來，撞擊著胸腔內側。

這是怎麼回事？

——撲通、撲通、撲通。

胸口就像有人拿著攪拌棒來回攪拌般劃圈旋轉。

——撲通。

我伸手按住胸口，按捺下激昂的情緒，踏出腳步，而後從拉開了一邊拉門後兩片重疊的玻璃小窗，悄悄窺探裡頭。

——是誰……？

窗邊有道背影。我拖著僵硬的雙腳往前進，站在教室的入口。快如擂鼓的心跳甚至讓我覺得呼吸困難，抬腳踏進教室後——大概是感應到我的氣息，那道背影慢慢轉過身來。

「嗨，亞優。」

俊輔就跟以前經常做的一樣，坐在自己的桌子上，腳跨著窗框，一如既往地露出引以為傲的整齊白牙笑了。

「妳真慢耶。管樂社練習到現在嗎？」

「嗯……」

眼眶湧現一陣熱意，我在臼齒上使力忍了下來，鼻子深處像被芥末嗆到一樣刺痛。

「練習結束以後，我又幫忙保養樂器……」

我刻意擠出與平常相同的笑容，回答俊輔。聲音有些顫抖，但應該不至於到不自然的地步。就跟平常一樣，理所當然一般。

只要一有地方出了差錯，俊輔肯定又會像昨天那樣消失無蹤，這讓我非常害怕。

「啊——又來了嗎？妳又被戴眼鏡的女社長逮住了吧？因為她很欣賞妳嘛。」

「那樣子算是欣賞我嗎……」

我笑著說，踩著生硬的步伐筆直地走向自己的置物櫃。打開門後，我一瞬間真的想不起來自己是回來找什麼。

「怎麼了？忘了東西嗎？」

「嗯，對啊……」

我不想老實說出自己弄丟了雨傘，只好支吾地敷衍帶過。我找了體育服和圖書館借來的書後面，但果然沒有備用傘。

「喂，亞優，妳過來一下。這超酷的。」

回頭望去，背對我的俊輔傾身往前，低頭看著窗外。

「怎麼了嗎？」

「來就對了。」

我關上置物櫃的門，走上前去，俊輔指了指校園。

「妳看，看起來就像是溜冰場。」

我站到他身旁，俯瞰窗外後低喃道：「真的耶。」

空無一人的廣闊校園積了一整片的雨水，環繞排列的燈光照亮水面，像貼了一層冰膜似的閃亮發光。對面的足球門顯得比實際上要小，簡直像是冰上曲棍球的球場。如果雨一直下到晚上，明天積水也沒有散去的話，運動社團可能又要一整天無法使用操場了。

「今天拓己呢？」

「咦？」

「你們不一起回家嗎？看這樣子，足球社是自主練習吧？每次下雨天不都一起回家嗎？」

「……」

我繼續望著窗外，偏過頭。

「不曉得。可能是我拖太晚，他先回去了吧。」

「咦？……什麼啊，你們吵架了嗎？」

俊輔促狹地問，我慌忙回答：「才不是呢。」他便哈哈哈地笑起來。

「你們兩個都是一鬧起彆扭就悶不吭聲的類型，不快點讓步會拖很久喔。」

他的大手往我伸來，食指由下往上點了一下我的鼻尖。俊輔每次都這麼做，把我當作小孩子。

「妳快點先道歉吧，雖然我不知道發生了什麼事。」

「我都說了……我們不是吵架……」

我摸著被點過的鼻子，嘟起嘴巴。

——好癢，不論是鼻子底下，還是心。

待在俊輔的身邊，感覺一如往昔地太過自在，太過溫柔，一不留神眼淚就幾乎要奪眶而出。

「不過，雨下得還真久，一點也沒有要停的跡象。」

俊輔一臉無奈地仰望深灰色的天空。

「……」

——真的是俊輔。

漂亮的大眼睛、有些黝黑的肌膚、略鬈的黑髮，眼睛底下的愛哭痣。毫無改變，是我再熟悉不過、一如往昔的俊輔。望著他的側臉，一切就跟從前一樣，太過稀鬆平常。

我忽然間覺得，也許眼前的景象才是現實。

也許其實直到剛才為止發生的一切全是漫長的噩夢，而我如今終於清醒，然後就這樣，日常生活將接續著這個現實重新開始。俊輔在，我也在，雨依舊下著，聊著足球社的練習、聊著拓己，回家路上也會聊今天的晚餐，我笑著，俊輔也笑著——

「——亞優。」

「……嗯？」

「我有件事情不太明白，所以想問妳。」

「嗯。」

俊輔微側過腦袋看著我。

「我——為什麼死了？」

＊

俊輔不在以後，一切都變了。

理所當然有他在身邊的日常生活果斷地、不留半點痕跡地轉過身，只能目送那教人留戀到心痛的背影，無論怎麼伸手也觸碰不到。那背影前往了很遠很遠的地方，將我拋在原地——

雨還沒有停。

平常那位氣象預報的大姊姊說過，今年比起往年有更多長時間的降雨。

今年一旦下起雨，久久都不會停歇，然而——

為什麼偏偏那一晚，雨卻停了呢？

第二章

1

我緊攀著校園裡的攀爬棒，只見一顆足球滾過眼前。

雖然很想幫忙撿起來，但現在的我實在沒有餘力。足球撞上立著「5—2」牌子的花圃外圍磚塊，失去原本的速度後，搖搖晃晃地滾回這邊來。我心想「別過來」，但祈禱落空，球停在我的腳邊靜止不動。

「……」

當我正猶豫著是否要跳下好不容易鼓起勇氣跨上來的單輪車，下去撿球時，奔跑著踏過校園砂地的腳步聲逐漸逼近。

——哇……糗了……我不想要有人跑過來看到自己這副樣子……

至少要把臉藏起來，於是我讓額頭貼著攀爬棒，試圖與它融為一體。

「喔，亞優……妳在幹嘛啊？」

「……」

我心不甘情不願地轉過頭，聲音的主人果不其然是和久井俊輔。他用印著運動品牌商標的紅色T恤袖子擦汗，由上往下仔仔細細地打量我的模樣。

「亞優，妳太強了。」

「咦？」

「妳在模仿停在攀爬棒上的蟬吧？超像的，尤其是臉。」

「……」

俊輔露出燦爛笑容走來，以腳靈活地勾起掉在地上的足球，讓球先彈了一下，左腳用力踩在地上，再使勁踢飛足球。足球在藍天上劃出一道軌跡，輕輕鬆鬆地橫切過寬廣的小學校園。

「對了，妳幹嘛一直抓著攀爬棒啊？那樣子無法練習吧？妳可以在那邊練啊。」

「因為……」

我看向校園的另外一邊。

單輪車是我們小學體育課的必修項目。為了讓不擅長騎單輪車的學生能夠自行練習，校園角落設有供單輪車練習用的長扶手。最近技能測驗快到了，可以看到很多學生都聚在那裡練習。

「我如果加入，後面就會卡住……」

「別在意這點小事啦，會用扶手的人都騎得很爛，所以根本半斤八兩，不會有人介意的。」

「嗯……可是……」

其實剛才其他班的男生才對我說：「妳從剛才開始就很礙事，去旁邊練啦。」被趕走後我才跑來這邊，但如果告訴俊輔實話，他可能會氣得衝過去打人，所以我不打算跟他說。

「沒關係，我會在這邊努力練習。俊輔，快回去吧，大家都在等你。午休要結束了喔。」

「可是——」

「真的沒關係啦……一個人練習也比較自在……」

說著說著，我突然難過了起來，對於自己的運動神經之差，我既心急又覺得丟臉。好朋友們一個個騎得越來越好，不知不覺間就只剩我一個人還不會騎。升上四年級以後，秋季的大型運動會上還得參加單輪車的團體競賽，一想到屆時如果騎不好，給大家添了麻煩，心情就越來越沉重。

「……別哭啦。」

「我才沒哭呢。」

我吸了吸鼻子，把臉蹭向T恤袖子擦去眼淚。既希望俊輔快點走開，又希望他別丟下我一個人。兩種心情同時交錯，我也弄不清楚是怎麼回事，眼淚不停地掉下來。

俊輔安靜地站在原地好一會兒，校園裡傳來球的彈跳聲和大家的嬉笑打鬧聲。

「妳真是笨蛋耶。不過是單輪車，有什麼好哭的。」

俊輔依然說話不饒人，但聲音比平常還要溫柔。

「好，我知道了。就包在我身上吧！」

「……」

我眼眶含著淚水看向俊輔，他要帥地抬起下巴，雙手抱胸。我忽然間想到，附近沾麵店裡貼著的老闆照片上，老闆也擺了一樣的姿勢。

「別擔心，我會讓妳學會的。」

「咦……」

「今天回家之後開始密集特訓吧。我話先說在前頭，我只教有心想學的人喔。妳不准洩氣，要乖乖遵從我的指令。」

「特訓……？」

俊輔保持著沾麵店老闆的姿勢，信心滿滿地點點頭，露出了雪白皓齒。

＊

「要在這裡練習嗎……？」

放學後先回家放好書包，再與俊輔一起走下坡道後，我詫異地仰望著他帶我前來的二宮自行車行招牌。

「對啊，這裡是柏油路面，又有高度剛好的扶手。」

俊輔指向隔開店家與隔壁鄰居的綠色鐵網。

「我和拓己小時候都是在這裡騎車。而且比起在公園裡被很多人盯著看，這裡好多了吧？」

「……」

的確是這樣沒錯啦……

「可是……在店門口不會妨礙到做生意嗎？」

「我已經問過拓己的爸爸了，所以沒問題啦……對吧，拓己？」

我吃驚地回頭，拓己正從店後面走出來。

「嗯，我爸說可以。我媽現在還在煎鬆餅，說要給你們當點心。」

他揹著補習班的布書包，這麼說了。

……對喔，拓己今天要上英語課。

不想被他看見自己笨手笨腳的一面，我因此暗暗鬆了口氣。

「拓己，看你老是在讀書，真辛苦耶。」

俊輔說得事不關己。

「說到這個，俊輔。」

「嗯？」

「你媽前陣子跑來我家，問了我有沒有哪間補習班還不錯。我看你也差不多該做點心理準備了。」

「……」

俊輔低落得像是瞬間老了十歲。

「那我走了。」

大步經過眼前時，拓己瞄了我一眼。

「——加油吧。」

聽見他小聲這麼說，我的心頭一跳。正想回答「謝謝」時，身旁的俊輔大喊：

「嗯，沒問題！」

「……」

剛才那句話是對我說的吧……

望著拓己的背影在河川對岸越變越小，俊輔拍了一下手，振奮士氣地道：「好！那我們開始吧！」

＊

「首先要筆直看著前面，像這樣咻——地。然後雙腳用力、用力、用力。」

「……」

「嗯——怎麼說呢，也不是真的要妳用力啦，就是像這樣咻——地，然後這樣……嗯，總之，妳先試試看吧？」

「……」

我痛下決心放開抓著鐵網的手，但只有單輪車的車輪往前進，我當場著地。

「可惜！妳再稍微把身體往前傾，然後像這樣運用腰部。」

「……」

——指導的熱忱雖然滿滿地傳了過來……但他在說什麼，我完全聽不懂。

我露出敷衍的笑容，嘿咻地抬起倒在腳邊的單輪車。

開始練習後已經過了一小時。中間雖然穿插了大約十分鐘的吃鬆餅休息時間，但在我全神貫注地練習之後，已能在俊輔的攙扶下沿著鐵網前進一公尺，也算有了相當大的進步。

只不過……俊輔給的建議幾乎都是擬聲語，像是咕地過來或咻地過去，我本來就已經夠遲鈍了，一個人更是遲遲掌握不到平衡感。

「小俊是所謂的天才型運動員吧。」

回頭就看見拓己的父親穿著藍色長圍裙，從店裡探出頭來。

「因為不用大腦去想也能做到，所以很難以言語向他人表達。就跟在職業棒球的世界裡，知名球員未必能成為知名教練一樣。」

說完，叔叔露出溫柔和煦的笑容。拓己很少像叔叔這樣子笑，但重新端詳，我覺得拓己好像比起母親更像父親。

「沒有啦，叔叔，哪有那麼誇張。」

大概是只聽到了天才這兩個字，俊輔笑逐顏開地抓了抓頭。

——我真的可以學會怎麼騎嗎……

摩擦著坐墊的大腿內側變紅，隱隱刺痛著，真不該穿短褲來的……再加上開始疲倦了起來，我下意識地吐出大氣。

「亞優，會累的話今天就先別練了吧？畢竟已經練到現在了。」

「……」

我瞥向橫亙在店門前的河川對岸。

『加油吧。』

——我想在拓己上完英語課回來之前，再練得好一點。

「再練一下吧。」

「喔，亞優真了不起。」

俊輔佩服地說。

「好，那再來一次吧。慢慢來不用急，不要馬上就一個人騎，先試著在輔助下移動一段長距離吧。」

「嗯。」

我笑著點點頭，立好單輪車，手捉住鐵網。

＊

太陽西沉，從坡道吹拂而下的風越過河川，運來夜晚的氣味。天空還相當明亮，提早點亮的電燈照亮了店招牌。

「——好！抵達終點！」

好不容易抵達鐵網的盡頭後，我放開俊輔的手，跳下單輪車。

「拓己你看，亞優進步了很多吧？」

我和俊輔一起雀躍地轉過頭，揹著布書包坐在護欄上觀看的拓己站起身。

「嗯，真是驚人。在這麼短的時間內，妳真的很努力。」

「對吧——？」

俊輔嘿嘿嘿地得意笑著，一旁的我也露出羞赧笑容。能得到拓己的稱讚讓我很開心。

「那麼最後……」

拓己拉下書包，掛在鐵網的突起處上。

「我來撐著另外一邊，妳試著騎到那邊去吧。」

說完，他指向我剛才捉著的鐵網另外一側。

「咦……」

隔著自行車行，對面佇立著相同的綠色鐵網。雖然只有十公尺左右的距離，在我眼中卻顯得非常遙遠。我投去充滿不安的眼神後，拓己笑了起來。

「不用那麼害怕啦。我們從兩邊扶著妳，就跟抓著鐵網一樣吧？」

拓己彎下腰握住單輪車的輪軸，再用帆布鞋底踩住車輪防止轉動。

「抓著我的肩膀坐上去吧。」

「……」

「如果快要跌倒，我們兩個人會扶著妳，放心吧。」

我戰戰兢兢地踩上踏板，抓著拓己的肩膀跨上單輪車。

「好，另一邊就交給我吧！」

我的右手抓著俊輔，左手抓著拓己的手，將右邊踏板往下踩去，竭盡所能想保持住平衡，卻搖搖晃晃無法成功。兩人從兩邊扶著我的背，我才勉強沒有倒下。

「亞優，妳往前彎腰駝背了。」

拓己的聲音很冷靜。

「不要往下看，要看目標的鐵網。腰再往前移一點，感覺就像有人把妳的頭往上拉。」

他們的手放在我的腰上，我邊感受著他們的手邊照做，多餘的力量好像從體內消失了。

「將踏板往下壓到一半，然後踩回來，重複這個動作——沒錯沒錯，這就叫做空轉，藉由這個動作掌握到平衡感。每當行進方向改變，重心也會移動吧？妳就想像有一條線連起了輪胎貼著地面的地方和自己的頭，這樣比較好懂。」

重複了幾次空轉騎單輪車後，我理解到了拓己在說什麼，感覺到重心漸趨穩定。

「好，那開始吧——預備，前進！」

我配合著拓己的聲音踩下踏板，身體自然地略微前傾，並努力把持以免一不留神就往下看，定睛注視前方的鐵網。兩人從兩側支撐著我的手強而有力，非常可靠。

「喔，亞優，不錯嘛。就照這個樣子！」

兩人小跑步地跑在半步前方，不放心地頻頻回頭看我。我縮起下巴，緊緊抿唇，繼續蹬下踏板。

「好，就快到了！加油！」

鐵網越來越近了。

『首先要筆直地看著前面，像這樣咻——地，然後雙腳用力、用力、用力。』

俊輔之前的建言大概就是指這種感覺吧。踏板好輕，撫過臉頰的風好舒服，比往常還高的視野直到剛才都還讓我害怕，現在卻覺得很開心。距離鐵網還剩下三公尺、兩公尺、一公尺——

「——好耶！抵達終點！」

俊輔一喊，我在兩人的攙扶下跳下車子，獲得釋放的單輪車撞上鐵網倒在地上。

「亞優，太好了！妳真厲害！」

「嗯、嗯……」

我緩緩回頭看向身後。

——真不敢相信我從那麼遠的地方騎來了這裡。

直到此刻，體內的鮮血才開始沸騰。我茫然地看向拓己，他的臉上突然綻開笑容。

啊……果然很像他爸爸。

「別忘了剛才的感覺，只要每天練習空轉踩踏，絕對會騎得很好。」

「嗯……」

我好不容易擠出笑容回應，倏地注意到互相握著的手，瞬間覺得很難為情，慌忙放開雙手。

＊

通往住家的陡坡半路上，不知何處傳來了〈夕燒小燒〉的旋律。是每天五點半一到就會開始播放，提醒孩子們快點回家的地方廣播。走在前頭的俊輔將我的單輪車當作手推車般，推著快步登上坡道。

「……欸，俊輔。」

「嗯——？」

「……」

——他果然在生氣吧？

自從在店門前跟拓己道了再見後，俊輔一次也沒有看我。

——明明對拓己就笑嘻嘻地揮手……

也可能是我的錯覺吧，我懷抱著這樣的期待，再一次出聲攀談。

「對了，俊輔。」

「嗯——？」

「呃，對不起喔。」

「對不起什麼？」

「讓你陪我練習到這麼晚，很累吧？」

「不會啊。」

「車子不重嗎？我還是自己推單輪車吧。」

「不用啦，又不重。」

「……」

糟了……

有時候俊輔會像這樣突然沉默寡言起來。比起不開心……感覺更像是意志消沉。每當平時活力十足的俊輔忽然變得安靜，我都不曉得該怎麼辦。正當不知道要怎麼開口交談時，俊輔冷不防地停住，我險些撞上他，在千鈞一髮之際停下來。

「——我說妳啊。」

「嗯？」

我邊重新站穩腳步邊抬起頭，俊輔從略高的位置越過肩膀回頭看我。

「以後要是有什麼煩惱，就先跟我說吧。」

「……」我不禁愣住。「什麼煩惱？」

「我也不知道，反正就是如果有煩惱啦。」

「啊……嗯。」

「在告訴其他人之前……絕對要先跟我商量喔，我一定會替妳想辦法。」

「……」

——其他人……他是指誰呢？

我不知所措地又「嗯」了一聲後，俊輔倏地面向前方，再度邁開腳步。我不由得停在原地，望著他的背影好一陣子。

「……俊輔。」

俊輔默默地走上坡道。

「俊輔……」

我在腳上用力，奔上坡道。噠噠噠，帆布鞋的腳步聲從圍牆上反彈尾隨而來。終於追上後，我拉住他紅色T恤的下襬，平復著有些急促的呼吸說：

「俊輔，謝謝你。」

「……嗯。」

〈夕燒小燒〉的旋律在不知不覺間消失了，遠處烏鴉的嘈雜啼叫聲乘著風飄來。我想我們應該算是和好了吧，腳步自然而然地變得輕盈，我繼續拉著T恤，踩著和俊輔同調的步伐走上坡道。

——明天也在學校練習單輪車吧。

原本午休時間的自主練習讓我非常苦惱，現在卻期待得不得了。我邊小聲哼著〈夕燒小燒〉邊仰起頭，越過俊輔背對著我的身影，我看見前方帶著些許粉色的黃昏天空遼闊無際。

2

「小俊好像真的會跟母親一起去東京。」

我的手一抖，好不容易夾起來的燉芋頭滑溜地掉下筷子。坐在旁邊的哥哥似乎早已經放棄用筷子夾取，把碟子靠向大盤子，靈巧地將芋頭撥到碟子上。

「枉費再一年就要畢業了，真可憐。」

母親單手拿著飯碗，重重嘆了一口氣。

那件事發生在我即將升上小學六年級，而哥哥要升上國中的那年春假。

我當然知道離婚是什麼意思，雖然在學校還沒有學到怎麼寫成漢字，但至少曾經看過——主要是在綜藝節目上——所以隱約能想像出來。但是想不到這種事竟然發生在自己身邊……偏偏還是在俊輔的父母身上。

「為什麼俊輔得跟媽媽走啊？」

哥哥不滿地開口。

「明明是他媽在外面有了男人，她自己離開那個家不就好了嗎？」

哥哥格外老成地說完，母親發出嘆息。

「不過……應該還是會由母親撫養吧。畢竟再怎麼說，一個大男人要一邊工作一邊照顧孩子太辛苦了，小俊現在這個年紀也還很依賴母親吧？」

「那他爸也太可憐了吧？又沒有做錯什麼事，卻被所有人拋棄……」

「——你們都別說了。」

坐在餐桌對面的父親從眼鏡底下顧慮地瞥向我。

「吃晚餐的時候不適合講這種事，更重要的是，我們不該憑臆測去說三道四。」

平常父親幾乎不會插嘴說話，大概是這一句話奏了效，兩人聽話地異口同聲說：「是。」便閉上了嘴巴。尷尬的沉默中，每週日傍晚播放的動畫片尾曲悠揚迴盪著。

「我吃飽了。」

我三兩口吞下終於夾起的燉芋頭，疊起飯碗和木碗起身離席。

＊

回到房間，我打開書包正要寫補習班的作業時，目光忽然停在床鋪旁的窗簾。這扇窗戶底下，就是俊輔家所在的公寓。

——俊輔在家嗎？

我跪在床上，傾著身從窗簾角落往下俯視，看到公寓一樓最靠近我們家的那戶住家，拉門側邊流瀉出藍白色燈光。

『俊輔的父母好像要離婚。』

剛才透過哥哥第一次聽到這件事時，我還以為是惡劣的玩笑話。今天剛好是愚人節，再加上俊輔本人也從來沒有表現出任何不對勁。

「你騙人。」

「真的啦。」

「騙人。」

「是真的啦。」

重複了好幾次這樣的對話後，我終於相信了哥哥說的話。

「今天妳出去玩的時候，俊輔跑來我們家，說他四月可能會突然搬去東京。」

「……」

『亞優，明天見。』

昨天在公園見面時，俊輔將足球抱在腋下，一如往常地笑著對我揮手。

俊輔竟然會離開這個城市……坦白說我一點真實感也沒有，也還沒有難過或者寂寞這種感覺，可是……一想到面對大家都很活潑開朗的俊輔，其實獨自一人在背地裡傷心難過，就讓我非常難受。

——明天去他家找他吧。放春假以後，他好像都很晚才起床，所以一大早去應該遇得到他……

望著昏暗的窗外陷入沉思時——

——啊。

我看見俊輔所在房間的拉門緩緩打開。

＊

時序已進入四月，但屋外比想像中冷，早知道該穿件外套。雖然很後悔，但想到我剛才從玄關跑出來時還小心翼翼地不被家人發現，就不想再折回原路。我反手悄悄關上大門，邊留心著涼鞋發出的腳步聲邊繞到屋後，沿著圍牆之間的狹窄小路前進，慢慢可以看見聳立於屋子後方空地上的碩大櫻樹。

發現了坐在粗壯樹枝上的黑影後，我停下腳步。俊輔立即注意到我，並不怎麼驚訝地輕輕抬手打招呼。我躲在圍牆的陰影裡微微揮手，為以防萬一，先抬頭看向屋子，確認哥哥房間的窗邊沒有人影後，才鼓起勇氣衝出去。跑到櫻樹下後，我鑽到壯碩樹幹的另一邊躲起來。

「妳幹嘛偷偷摸摸的啊？」

俊輔坐在樹枝上朝我露出淘氣的笑容。

「因為我是偷偷溜出來……」

「咦？離家出走嗎？妳和章哥吵架了嗎？」

「不是啦，因為我從房間窗戶看到俊輔跑出來，所以擔心你……」

「啊……」

俊輔的帆布鞋在與我視線等高的半空中左搖右晃。

「現在我媽正跟老爸在講電話。」

「……阿姨打來的嗎？」

「嗯。好像是不太想讓我聽到的內容，所以我就跑出來了。」

「……」

阿姨……真的已經不在那間屋子裡了。

哥哥剛才說過的話經由俊輔本人說出來後，我這才慢慢感覺到這是真的。

「你要……去東京嗎？」

由下往上仰望，俊輔的身體看來就像被盛開的櫻花溫柔包覆著。

「嗯，大概吧。」

我似乎在他眼裡看見有什麼東西在發光，急忙低下頭，細聲說著：「這樣啊。」然後將穿著涼鞋的腳踩在凹凸粗糙的樹根上。

「嗯，反正東京很近嘛。」

俊輔語氣輕快地說。

「只要搭上京急特快車，一下子就到品川了吧？再從品川搭乘山手線，然後轉搭中央線吧？……搭個三十分鐘左右就好了吧，比迪士尼樂園還近哩。」

「……」

——東京……

雖然在電視上經常看見東京的街景，但我頂多只在去迪士尼樂園的途中經過，依然感到非常陌生。那城鎮對還是小學生的我來說，感覺非常遙遠……想必對俊輔來說也一樣。

「我說……」

「嗯？」

「……沒辦法復合了嗎？」

「嗯……大概不可能吧。」

俊輔露出為難的笑容。

「跟我爸願不願意原諒老媽沒有關係——我媽好像想跟那個人在一起。」

「……」

『為什麼俊輔得跟媽媽走啊？』

哥哥說過的話一直在腦海裡盤旋，逐漸膨脹，淹沒所有思緒。

『明明是他媽在外面有了男人，她自己離開那個家不就好了嗎？』

——我覺得哥哥說得沒錯。

我也知道這樣的想法很孩子氣。因為只要想想是誰為俊輔做了室內鞋袋、餐具束口袋和餐墊布；又是誰總為俊輔煮他最愛吃的漢堡排、咖哩以及肉丸子湯——想到這一切對俊輔來說有多麼重要，就能知道事情並沒有那麼簡單。

但是，俊輔因為這麼荒唐的理由就要搬去很遠的地方——大人因為一己之私就從我們身邊無情地搶走俊輔，最重要的是，害俊輔受到這麼深的傷害，都讓我非常不甘心又生氣——而且悲傷得無以復加。

「你一定要跟著過去嗎？」

「……」

「不能留在這邊……跟爸爸一起生活嗎？」

俊輔沒有立即回答，眼前的帆布鞋定住不動。沉默的時間越久，我越是心想：「早知道就不說了。」俊輔母親的溫柔笑容頻頻掠過腦海。

我不知如何是好地用掌心撫摸樹幹凹凸不平的表面，自己孩子氣的發言讓我心生愧疚，為了逃避這份罪惡感，我抬起頭，看見坡道底下的城市亮著點點光芒。

東京一到夜晚，會洋溢著比這亮上數百倍的光彩吧。

「——其實我很想留下來。」

漫長的沉默之後，俊輔說了。

「因為……如果跟著搬去那邊，我絕對會很礙事吧？要是他們太顧慮我，我反而會很痛苦。而且要是連我也走了，就只剩下老爸一個人，會覺得他很可憐，可是……」

「……」

「可是……我爸說，我跟老媽一起走比較好，說他一個人生活也沒關係。所以聽到他這麼說，我也……」

聲音說到這裡中斷。

不必抬頭，我也知道俊輔正強忍著眼淚。我無法對他說話，只是靜立不動，紛飛飄落的花瓣橫飄過眼前，我覺得櫻花簡直像是眼淚。

「亞優。」

有點鼻音的說話聲在胸口上輕刺了一下，我第一次聽到俊輔話中帶有鼻音。

「不好意思，妳……先回去吧，我想一個人待著。」

吸鼻子的嘶嘶聲響起。

「這件事妳別告訴任何人。」

「……」

他要求保密的是指哭了這件事？還是搬家這件事？我不知道，但是……只有一件事我很清楚。

「我不會告訴任何人的。」

我定睛注視著前方繼續說：

「不過……我還不會回去，會在這裡待一下子。」

「……」

我能明白俊輔的心情。

他其實並不想一個人獨處，只是不想被人看見他在哭。其實……他很希望有人陪在自己身邊。

『以後要是有什麼煩惱，就先跟我說吧，我一定會替妳想辦法。』

有一次俊輔曾對我這麼說，而他也遵守了自己的諾言，每當我有困難，都會伸出援手。可是——這種時候什麼忙也幫不上的自己太氣人了。如果我什麼也辦不到，至少想在他哭泣的時候靜靜陪在他身邊。

「俊輔。」

「……嗯？」

「我可以過去你那邊嗎？」

「……」

我聽見俊輔微弱地「嗯」了一聲。

我抬腳踩在樹幹的凹洞上，抓住頭頂上的樹枝，「嘿咻」出聲用力後，把腳踩向更高的凹洞，努力爬上了最低的樹枝，這是俊輔教我的爬樹技巧。

「妳小心喔。」

「嗯。」

俊輔挪動屁股騰出位置，我謹慎地移動到那根樹枝，邊抓著樹幹邊慢慢地在他旁邊坐下。

「好漂亮喔。」

不過是視野變高了些，城市的燈火看起來就像是增加了。雖然還不至於多到可以稱作夜景，但我搖晃著雙腳，好一半晌入迷地望著斑爛燈彩。

「俊輔。」

「……嗯？」

「如果俊輔不在了，我會很寂寞。」

「……」

「拓已跟班上同學一定也會很寂寞，可是……」

聲音幾乎要開始顫抖，我閉口不語。現在不能哭，必須好好說完。

我在喉嚨上使力，接著又說：

「可是……我明白俊輔不想跟媽媽分開的心情喔，我想阿姨也一樣吧。所以……」

我輕輕將手疊在俊輔放在樹枝上的手。

「我們會去找你，我會和拓已一起搭京急特快車去找你玩……一定。」

「……」

俊輔靜靜地垂下臉龐，咬住嘴唇，隨即用力握住我的手，用力到我覺得好痛，他發出細微的嗚咽聲哭了起來。

我回握住他的手，想起了俊輔教我騎單輪車時，兩人手牽著手的觸感，眼角不禁發熱，我眨著眼睛抬起頭，發現剛才還無比清晰的城市燈火變得朦朧模糊。

＊

數天後，沒能等到新學期開始，俊輔就啟程前往了母親所在的東京。

畢竟有著不為人道的隱情，再加上事出突然，早上來到車站送行的只有我們這一家、拓己一家人和班導。

「我會繼續踢足球。」

車站月台上，俊輔對拓己和哥哥說。

「東京有很多強校，可能沒那麼簡單，但我會努力朝著全國大賽邁進，我們絕對要在比賽上再見！」

兩個人大概是不想在大家面前哭泣，雙眼通紅，拚命忍著淚水。只有我媽媽緊握著手帕，哭得泣不成聲。俊輔沒有表現出半點悲傷的樣子，直到最後都笑著揮手。

＊

我每個星期都寫信給俊輔。

在學校發生的事、家裡的事以及喜歡的電視劇，我有好多話想對他說，怎麼寫也寫不完。
俊輔起先兩封裡會回一封信，但自從他在某封信中提到「母親的對象開始頻繁出入家裡」以後，回信就越來越少，最終完全斷絕。
失去音信後過了約一個月，七月的某個星期天，我和拓己約好在坡道下的電話亭碰面，打電話去俊輔家。那是雨剛停歇的悶熱午後。
『——喂？』
電話另一頭，俊輔的聲音聽來很低沉含糊。
「喂，我是亞優。」
『嗨。』
「你還好嗎？」
『嗯，還可以。』
「……呃，對不起喔，突然打給你。」
『不會。』
「……」
發現俊輔似乎不怎麼高興，我有些受到打擊，拓己大概是看見我的表情後擔心了起來，站到旁邊把臉湊向話筒，他帶點栗色的髮絲搔著我拿著話筒的手。
「呃……跟你說喔，很快就要放暑假了吧？我和拓己打算去你那邊玩，你有時間嗎？」

『……』俊輔頓了一會兒。『我還不太確定。』

「是喔……」

『搞不好到時候我就不在這裡了。』

「咦！」

我與眼前的拓己互相對望。

「你要搬去其他地方嗎？」

『……』

「俊輔……？」

沉默持續了一段時間，拓己按捺不住地伸出手，從我手中接過話筒。

「喂，是我……嗯。怎麼了——發生什麼事了嗎？」

拓己背對著我，所以兩人講電話時，我就靠著電話亭敞開的門扉等候。

護欄前方的河川在雨停後水量增加，污濁的褐色河水流經橋下，發出湍急聲響。

講話期間拓己的聲音越變越小，相較之下我內心的不安卻逐漸擴大。我揮走沿著涼鞋爬上腳踝的螞蟻，撫摸著留有螞蟻討厭觸感的腳踝時，聽到掛斷電話的聲音。

「俊輔說了什麼？」

「……」

「拓己……？」

拓己拿著話筒僵立在原地，我只能望著他的背影。

＊

「——開什麼鬼玩笑啊。」

哥哥盤腿坐著，拿起我心愛的心型靠墊丟向床鋪，被當成出氣筒的紅心靠墊撞上床鋪側面，咚地掉在地毯上。

「有沒有搞錯啊……那個男人把俊輔當成什麼了？」哥哥氣得口不擇言，但馬上恢復理智，沉聲說道：「抱歉，我發火也沒用吧……可是，我真的很生氣。」

說完，哥哥手肘靠著茶几，用手包住緊握起的另一隻拳頭。

「應該沒事吧？俊輔的母親一定會選俊輔吧？」

「……」

「真的……太扯了吧……」

哥哥的臉貼在拳頭上，發出嘆息。

＊

『對方希望將俊輔的親權轉給父親，作為再婚的條件。』

掛掉電話後，拓己說明了俊輔的處境，我好半天說不出話來。

「這個意思是……」

我啞口無言，拓己表情僵硬地點點頭。

「沒錯——意思就是如果阿姨要結婚，俊輔會成為累贅。」

「怎麼會……」

「那傢伙還笑著說，他搞不好又會回到橫須賀來。」

「……」

「話說回來——為什麼俊輔會知道有這件事？按理說對方提出這種提議時，母親都會賞對方一巴掌，結束這段關係吧？」

的確，這麼蠢的提議當然會在當下就拒絕。既然沒有出現這種情況，就表示——

「阿姨……該不會在猶豫吧？」

「……」

「不可能的吧？對阿姨來說，最重要的人是俊輔吧？對不對，拓己……」

——那當然啊。

我很希望拓己這麼說，但他只是默默低頭望著腳邊，一句話也沒有回答。

＊

「總之，」哥哥霍然起身。「這件事先別對媽說。她要是知道了，一定又會反應過度地哭哭啼啼。而且……」

仰起頭後，哥哥可靠地向我點頭。

「放心吧。再怎麼說，不可能有母親會為了男人拋棄自己的孩子。如果阿姨會那麼做，打從一開始就不會帶俊輔去東京了，一切絕對會圓滿落幕。」

「嗯……」

「好了，笑一個吧。」

我露出虛弱的笑容後，哥哥莞爾微笑，拍了拍我的頭。

「乖──那我現在去樓下，順便叫媽上來。妳要小心，剛才那件事別表現在臉上。」

「咦？」

「浴衣啊，妳不是要請媽幫妳穿嗎？再不開始準備，會來不及參加祭典吧？」

「啊……」

我看向疊放在床上的白色浴衣。今天附近的神社有廟會，祭典規模雖然不大，但鄉鎮自治會的工作人員煎的大阪燒很好吃，每年我都很期待跟哥哥、拓己和俊輔四個人一起去。

「沒關係，我今年不去了。」

哥哥聽了眨眨眼睛。

「怎麼突然不去了？妳明明今天早上還興奮地披著新浴衣。」

「……」

我沉默不語，哥哥彎腰打量我的表情。

「啊……難道是因為我今年要跟國中的朋友一起去？跟拓己單獨相處會很尷尬？」

「……才不是呢。」

「喔……原來如此。」哥哥留下有些意味深長的嘀咕，走向房門。「那我幫妳跟媽說妳不去了，不然怕她擔心時間。」

「……嗯。」

「別露出那種表情啦，我會幫妳買一份大阪燒回來——掰啦。」

哥哥走出去之後，我坐在床上，撫摸漿過的浴衣衣領。

＊

「關於今天的祭典。」

講完電話，在橋上道別之際，拓己說了。

「果然還是別去了吧。」

「……」

「畢竟以前最期待祭典的俊輔現在發生了那種事，又連章哥也不能一起去……」

毒辣的大太陽在石橋上搖起熱浪，我看見汗水從拓己曬得黝黑的脖子緩緩流下。

「……嗯，也是呢。」

我低頭望著河面，點了點頭。

「我也這麼覺得……果然祭典還是要有俊輔一起參加……」

污濁的水速度極快地被吸往腳下。

我不敢看拓己的臉。

我一點也不知道俊輔現在很痛苦，還為了新浴衣興高采烈，為了兩個人要一起出門而心頭小鹿亂撞，我覺得這樣的自己真可恥。

——自己一個人擅自期待，又自己一個人擅自失望……我在幹嘛呢？明明拓己從一開始就沒有打算和我單獨兩人去祭典。

「亞優。」

聽見他呼喚我的名字，心頭就苦悶地揪緊。

「嗯？」

「妳啊——最近再打電話給俊輔吧。」

「……」

這句話沒來由地讓我覺得奇怪，看向拓己，他撇開視線。

「呃，當然我也會打，但亞優也打給他吧。那傢伙肯定會很開心，他應該很想聽到妳的聲音吧。」

「……」

——什麼意思？

像要逃避似的我這麼追問，拓己仍沒有與我眼神交會，直接向我道別：「那掰掰。」然後背過身離開。

「嗯……掰掰……」

留在橋上的我停了好一會兒，目送拓己走遠。

『那傢伙肯定會很開心，他應該很想聽到妳的聲音吧。』

——為什麼……為什麼要用那種表情，說出那種話呢？

拓己……

隨著拓己不斷走遠，我覺得兩人的心也發出了嘰嘎聲響，逐漸拉開距離。

我無精打采地邁步移動，在坡道的起點回過頭。拓己小小的背影旁，驀地出現了我穿著新浴衣的背影——轉瞬就消失不見。

＊

一個月後，俊輔在父親的陪同下回到橫須賀，當時是八月底。

「嗨，我回來啦。」

看見來到車站月台迎接的我與拓己，俊輔難為情地舉起手來。也不曉得是否該為重逢感到高興，當時我們的表情肯定非常狼狽吧。

「——我又跑回來了。嘿嘿，真遜。」

俊輔搔著頭露出白牙。除了曬黑以外，俊輔看起來與四月離開時一模一樣……但是在他心裡，想必留下了當時完全想像不到的、痛苦的離別傷痕。

彼此都不知道該說什麼，面對面卻悶不吭聲，然後拓已往前踏出一步。

「……歡迎回來。」

他小聲這麼說，為了趕跑難為情，用力地拍了下俊輔的肩膀。「痛死了啦！」俊輔笑著大喊，故作誇張地彎下腰。

＊

鎮上的大家都知道，俊輔回到這裡，意味著與母親徹底別離。所以大家在俊輔面前，絕不過問他在東京的生活，也絕口不提他母親。

大家都在不知所措與溫柔的外圍，遠遠地關心著俊輔。

然後暑假結束了，開始運動會練習的同時，那種氣氛也慢慢變得淡薄。日常生活被重新改寫，回到了以往的每一天。

不久之後，俊輔的母親成了一開始就不存在於這個鎮上的人。

＊

不確定是不是因為這件事，俊輔回來以後，我們比以前更常三個人在一起玩；

不確定是不是因為這件事，拓已總是比起俊輔，待在離我稍微遠一點的地方；

不確定是不是因為這件事，回想起來從那時候開始，我們三人的關係就和以前有些不一樣了。
我們保持著這樣的平衡，從小學畢業，讀完了國中——
也保持著這樣的平衡，升上了高中。

第三章

1

一早還陰沉沉的天空，不知何時已從雲層間露出了淡淡的水藍色，體育館對面的魁梧櫻花樹上也參雜長出了嫩葉。今年櫻花開得相當早，但現在還沒有全部散盡，勉強殘留下了一些花瓣，可能是因為櫻花很努力地想親眼看見我們入學吧。

我站在還沒有其他人的教室窗眺望著外頭，聽見室內鞋發出的輕盈腳步聲逐漸走近。

「早安，妳真早到耶。」

回過頭，一名昨天剛成為同班同學的女生正笑容可掬地站在那裡。我們高中的制服在當地也廣受歡迎，她已經改到自己費心計算過的長度，穿起來很合身好看。

「妳在看什麼？」

「啊，嗯，在看足球社的晨練。因為我哥參加了紅白對抗賽。」

我也露出笑容，指著校園裡的足球場，同時回溯記憶，試著想起這名同學的名字。

——她坐在我的前前面……所以名字是T開頭嗎……

腦中浮現昨天開學典禮結束後，班會時間上所有人自我介紹的畫面，但很遺憾地我沒能想起她的名字。記得前天入學儀式上我也跟這個女生說過話，要是被她發現我連她姓氏也不記得，那就太尷尬了。

「哇，妳哥哥是足球社的啊？哪一個？」

「呃……穿著白色球衣，背號三號。」

指向哥哥時，正好球傳給了他。

哥哥閃過一名衝過來的敵隊前鋒，邊守著球邊等著隊友往前跑去，然後踢球橫傳。球完美地傳給了前鋒隊友，但那名隊友沿著邊線運球前進時，遭到敵隊後衛的緊迫防守，球滾出了邊線外。那個前鋒迅速撿起球，準備發邊線球，看到他的臉後，我才發現那是宗方浩樹學長。他是哥哥的好友，也經常來家裡玩。

「妳哥哥真帥耶，長得也高。」

「嗯……還好啦，我覺得很普通。」

嘴上這麼說，但聽到哥哥被稱讚，我還是忍不住開心地傻笑起來。在身為妹妹的我眼中，踢足球時的哥哥比任何人都帥氣。

丟進場內的球才剛被大力踢開，哨音便響了起來，選手們緩慢地停下動作。因為我是中途才開始看比賽，所以不曉得輸贏，結果也沒能看到進球的場面，比賽就結束了。

「──啊，妳看，那裡有同班的男生。」

她指向在足球場邊一字排開，穿著運動服的一年級新生們。

「看，就是最尾端的那兩個人，沒錯吧？」

隊伍尾端是俊輔和拓己，兩人中規中矩地將運動服的拉鍊拉到最上面，站姿格外筆挺。

「嗯，是呀。」

「他們打算入社嗎？」

「他們說昨天就提交入社單了。」

「咦？妳認識他們嗎？」

「嗯，因為我們都讀第二國中。」

「啊，原來是這樣。」

她將手搭在窗框上，踮起腳尖觀察兩人說：

「兩個人看起來都很受歡迎呢。」

「很受歡迎喔。足球也踢得很好，從以前就是風雲人物。」

「哇——」她大感佩服似的應完聲，忽然看向我。「請問……」

「嗯？」

「呃，雖然很難啟齒……」

「……？」

「但方便告訴我名字嗎？」

「啊，嗯。右邊是和久井俊輔，左邊是二宮……」

「不是啦。」

「咦？」

「是指妳的名字。」

「……」

看到對方困窘的表情，我剎那間對她湧起了親切感，強忍著笑說：

「我是成瀨亞優，請多指教。」

「亞優對吧？好，我記下來了！……不好意思喔，我腦筋很笨，非常不擅長記別人的名字。」

「其實……」

「咦？」

「對不起……也可以告訴我妳的名字嗎？」

「……」

我們面面相覷，同時噗哧失笑。

「——對吧！同時有那麼多人自我介紹，怎麼可能記得住嘛！」

大概是放鬆下來後顯露出了本性，她說話時有些捲舌。

「我叫寺田日南子，叫我日南子就好了。以後請妳多多指教囉，亞優。」

「……嗯！」

日南子開朗親切的笑容，似乎替我一口氣吹跑了對今後高中生活的不安。

——感覺以後會很開心呢。

我雀躍地再度看向操場，只見俊輔正好打了一個偌大的呵欠，拓己在旁邊用手肘戳了戳他的側腹。

2

每當車輪彈起，放在車籃裡的超市袋子就沙沙作響。我騎著自行車悠哉地循著沿岸道路回家，在每天必經的橋上看見了跨坐在自行車上聊得忘我的一群人。

——是哥哥他們。

靠近之後，我發現不只哥哥、俊輔和拓己，宗方學長也在一起。由於大到放不進自行車的車籃裡，大家的肩膀上都斜揹著看來很重的足球背包。

「喔，亞優，妳去買東西嗎？」

俊輔率先注意到我，抬起手後，其餘三人也一致回過頭來。

「練習辛苦了。」

我騎到旁邊，帶著笑容說完，他們各自零散地應道：「嗯啊。」

「練到真晚呢，你們幾點結束？」

「剛好四點半。真是有夠累，我絕對沒有開玩笑。」

聽見俊輔語帶抱怨，哥哥笑道：

「你第一天就喊累嗎？」

「章哥，因為……」俊輔說到一半連忙改口：「啊，不對，要叫成瀨學長。」

「社團以外沒關係啊。」

「不行啦，要從平常生活就開始習慣。」

「什麼啊。」

「糟糕，我根本沒對章哥說過敬語，不知道要怎麼說話了。」

「你對章哥以外的人也沒說過敬語吧。」

拓己吐槽後，俊輔鬧彆扭地噘起嘴。

「那拓己呢？你現在不也馬上習慣地喊章哥了嗎？」

「我才不會搞混，私底下和社團會確實區分開來。」

「……」

嘴上辯不過，俊輔開始搔起拓己的側腹。

「笨、笨蛋，住手……別亂來啦！」

其實非常怕癢的拓己伸手推開俊輔的頭，跨在自行車上跟往常一樣開始打鬧。

——真好，看起來好開心。

嬉鬧著的兩個人讓我覺得很遙遠，內心有些寂寞。國中的時候足球社只有比賽之前才有晨練，所以還能一起上學，但以後就沒辦法了。我也必須決定好要加入的社團，能與兩人相處的時間會越來越少吧。

「欸，哥哥。」

「嗯？」

「足球社現在有在招募經理——」

「不行！」

我話還沒有說完，拓己和俊輔就異口同聲大叫，我吃驚得身體一震。

「妳不行。」

「對，妳絕對不行。」

「為……為什麼？」

我的心臟嚇得撲通狂跳，反問之後，宗方學長輕聲笑了起來。

「因為我們剛才正好向他們兩人聊到這件事。」

「咦？」

「我們足球社確實剛辭退了上一任經理，現在正招募新經理，但當初請她離開的理由其實並不單純。」

「不單純？」

「嗯，簡單地說，就是那個女生在社上腳踏兩條船，導致隊伍的氣氛變得很糟。」

「……」

「因為我們社團全是男生，經理勢必會很受歡迎。我猜是因為很多男生跟她告白，她才得意忘形起來，結果變成了這樣吧。更別說亞優這麼可愛，很容易變成大家心儀的對象，所以兩個人都很擔心吧？」

「咦……」

聽到可愛，我不禁羞紅了臉。

「宗方學長，才不是咧。」

俊輔一本正經地反駁，拓己也從旁探頭說：

「沒錯，我們是擔心到時沒有半個社員將亞優放在眼裡。」

「那樣子太可憐了嘛。」

「太可憐了。」

「……」

我垮下臉露出老大不高興的表情，宗方學長哈哈大笑起來，像在說「笑死我了」似的按著肚子，還摘下眼鏡用手指揩去滲出的眼淚。

「你們三個人真的感情很好耶。」

「這樣子……算是感情好嗎……」

我沮喪地抗議，宗方學長便溫柔笑道：

「我就知道妳會這麼說。至少我就很羨慕他們兩個，可以跟亞優這麼要好。」

「喂喂。」哥哥皺起臉。「別在我這個哥哥面前調戲我妹啦，好歹也挑我不在場的時候。」

「知道了，抱歉。」

「……」

什麼調戲……

我覺得很難為情，求救地看向兩人，俊輔和拓己卻都面向旁邊，一派事不關己。就在這時，〈夕燒小燒〉的旋律飄揚響起，解救我脫離困境。

「啊，糟了，媽媽在等我拿這個回去。」

我摸向車籃裡的超市袋子。

「我肚子快餓扁了，快點回去吃麵包吧。」

哥哥說完，挨向握把將自行車轉向。

「吃飯前還吃麵包沒關係嗎？」

「不管多少我都吃得下，可別小看運動社員的食量喔——拓己，掰啦。」

「嗯，明天見。」

拓己爽快地揮了揮手踩下踏板，開始過橋。我怔怔地目送他的背影，俊輔自後方叫我：「亞優，妳不走嗎？」

我掩飾地擠出笑容，將握把轉向和大家相同的方向。

＊

喀啦喀啦喀啦，四道自行車的車輪旋轉聲互相重疊，悅耳地在圍牆間迴盪。通往住家的長坡陡得無法騎自行車上去，坡道上的住戶都像這樣推著自行車回家。

「宗方學長真帥。」

走在旁邊的俊輔小聲這麼說，我仰頭看向與哥哥並行，走在稍遠前方的宗方學長背影。

「……嗯，我也覺得很帥。」

和肌肉壯碩、一看就知道屬於運動社團的哥哥不同，宗方學長多半是因為戴著眼鏡，體型又修長，所以給人的印象偏向文學青年。

兩年前坡道上頭興建了大規模的高級新成屋群，這一帶頓時增加了許多居民，宗方學長也是當時搬來的人之一。他的舉止進退得宜又彬彬有禮，喜歡美男子的媽媽也非常中意他。

「感覺上比起足球社的前鋒，更像是王子呢。」

我說著轉過頭去，只見俊輔一臉自討沒趣似的咕噥說：「大概吧。」

「……怎麼了？你幹嘛生氣？」

「我沒生氣啊。」

「明明是你自己說學長很帥的。」

「所以我說我沒生氣啊。」俊輔嘟著嘴。「……我一定要成為正式選手。」

「咦？」

「沒事。」

「……」

——真奇怪。

我望著俊輔，忍下想笑的衝動。他嘔氣時的表情從以前到現在都沒變過。

「欸，俊輔。」

「啊？」

「今天要來我家吃晚餐嗎？媽媽叫我帶你回去。」

「……」

「吃漢堡排喔？」

「我去。」

下一秒，俊輔的肚子發出咕嚕巨響，我忍不住笑了出來。

＊

「嗚喔喔……」

「……」

「嗚啊！……好危險，這傢伙怎麼回事？動作好快！明明胸部那麼大。」

「……」

「唔啊……好奸詐……嗚啊！那招是怎麼回事！我第一次看到！」

「欸，俊輔……」

我從書桌上抬起頭，靠著椅背低頭看正下方。

「什麼？」

「你明明保證過會保持安靜，但從頭到尾一直發出聲音嘛。」

「咦？真假？」

「真的。」

「抱歉抱歉抱歉，我是下意識！」
俊輔盤腿坐著，視線完全沒有離開過掌上型遊戲機，速度很快地這麼說。
「如果不能保持安靜，就別玩電動了啦。我沒辦法做作業了。」
「等、再等一下啦，亞優，再一下子。這場結束後就過關了……啊——————！」
「……」
「……死了。」
俊輔往後一倒，後腦勺因此撞上茶几桌腳。放有草莓的盤子上，叉子發出了哐啷聲。
「喂……你沒事吧？」
俊輔先小心地將遊戲機放在地毯上，才抱頭縮成一團。
「問題大著咧……」
「……」
「金髮大姊和好幾百萬石的土地都被搶走了……」
「……」
那究竟是什麼遊戲啊……
我暫時放棄寫作業，嘆氣後將自動鉛筆放在筆記本上。
「好了，不准再玩電動。快點吃草莓吧，放久就不好吃了。」
大概是損失幾百萬石讓俊輔大受打擊，他垂頭喪氣地乖乖坐起身，拿起叉子。
「你都已經吃了那麼多碗飯，竟然還這麼能吃耶。」

看到俊輔坐在茶几對面，接二連三地將草莓送進嘴裡，我深感佩服地說，俊輔嘴巴塞滿草莓地應道。

「唔唔唔唔。」

「咦？」

他伸出掌心示意「等等」，再咕嚕地吞下草莓，只說了一句：「好吃的東西消化得也快。」然後再度狂塞草莓。

——看他吃得這麼津津有味，也難怪媽媽幹勁十足呢……

想起一如往常，哥哥和俊輔輪流再要一碗飯時，母親那歡欣雀躍的表情，我不禁揚起了微笑。

＊

小學六年級的那年夏天。

俊輔回到橫須賀以後過了約莫一星期，吃晚飯時母親突然說了：

「我今天和小俊的父親談過了。」

「……？」

父親、哥哥和我都一臉茫然地停下筷子。

「談過了……談過什麼？」

「關於小俊吃飯的事。」

母親啪地放下筷子。

「和久井先生因為工作晚歸的日子，小俊就會來家裡和我們一起吃晚餐。他好像一週有三天以上要加班，如果每次都吃便當，會讓人擔心小俊營養不均衡吧？況且一個人吃飯也會食之無味。」

「……」

對看了一眼後，哥哥有些擔心地開口：

「俊輔的爸爸怎麼說？」

「當然一開始被他拒絕了，說不能給我們添這種麻煩。不過，我好好跟他談過了。商量過後，為了讓小俊能夠毫無顧忌地大口吃飯，和久井先生每個月會給我們十公斤的米。」

「……」

「想多管閒事的時候，要是還讓對方有所顧慮，就算是失敗。有時候也需要厚臉皮一點，裝糊塗地強迫對方答應。」

說完，母親從容自若地喝了口味噌湯。

——媽媽……

胸口一陣發熱，我看向旁邊，哥哥也感動得脹紅了臉。

「媽，妳太厲害了。」

「媽媽……謝謝妳。」

母親盈盈微笑，轉頭看向身旁。

「爸爸，沒問題吧？」

「當然。」

父親表情認真地頷首。

「聰子。」

「什麼？」

「我再一次覺得……跟妳結婚真是太好了。」

「爸爸，討厭啦……」

母親的臉龐羞得通紅，拍向父親的背。

隨著俊輔長大，他父親送來的米也與日俱增，時而還會加送肉和蔬菜，現在俊輔一樣一週約有三次來我們家吃飯。如果吃完還有時間，就會像這樣待在哥哥或我的房間裡悠哉度過，然後九點前再回公寓。

「嗯啊——真好吃。」

俊輔哐啷地將叉子放在盤子上，再往地毯一倒。大概是對我的體貼，盤子上只留下三顆較大的草莓，我用叉子叉向其中最小顆的草莓。

「亞優——」

「……」

俊輔突然發出諂媚聲，我佯裝沒有聽到地咬下草莓。

「亞優——」

「……幹嘛？」

「妳作業寫完了嗎？」

「……還沒。」

「亞優大人——不對，應該叫妳亞優公主才對。」

「你到底想幹嘛呀？」

俊輔略微撐起頭：

「作業借我抄。」

「不行。」

「……」

「你如果不自己寫，永遠也不會吧？」

「沒問題啦。就算不寫作業，只要課堂上聽懂就好了。」

「你從第一天起都在睡覺吧？」

「……妳看到了喔？」

「看到了。我心裡還一直冒冷汗，擔心老師會對你大發雷霆。」

「那妳應該也知道吧？我真的超級不擅長數學。」

「就是因為知道，我才要你好好寫作業啊。」

「……」

俊輔充滿怨懟地看著我好半天，旋即轉身背對我。

「俊輔。」

「算了，我明天早上在學校隨便寫一寫。」

「……」

真拿他沒辦法……

「不然我們一起寫吧？我再教你……好不好？」

「……」

「快點去拿來，你的書包放在玄關那裡吧。」

「……」

——真是……

俊輔遲遲不答腔，我只好無奈地看著他吃著草莓的後腦勺。

「妳……還記得嗎？」

寬厚的背部前方傳來了有些含糊的話聲。

「記得什麼？」

「拓己直到小學三年級以前都在打棒球。」

「……」我不明白話題為什麼突然跳到拓己身上，「嗯」地應聲。「他以前待過附近的少年棒球隊吧。」

我記憶模糊地回想著，當時假日偶爾會看見拓己穿著棒球制服。記得拓己在升上小四後退出棒球隊，加入了哥哥和俊輔所在的足球俱樂部。

「對。那傢伙棒球打得好，足球也踢得很不錯。本人兩邊都喜歡，但妳看嘛，他爸是超級棒球迷。」

我腦海中蹦出了那件有著二宮自行車行標誌的藍色圍裙，還有叔叔溫柔的笑臉。

「所以他不由自主就選了棒球，加入了棒球隊。可是升上四年級的時候，他就說還是想踢好足球，退出了棒球隊來我們這邊。」

「喔……」

我完全不懂他想說什麼，等著後續，俊輔翻身轉向我這邊，撐起頭枕在自己的手肘上。

「妳知道那傢伙為什麼轉到足球嗎？」

我眨了眨眼。

「不知道……咦？不是因為哥哥和俊輔都在踢足球嗎？」

俊輔不知道為什麼猛盯著我的臉瞧，咧嘴笑道：

「不太算是，不過……算了。」

「？」

「總之——我覺得那傢伙在那時候轉到足球，是非常正確的決定。」

「咦？」

俊輔舉高雙腳彈起身體，「唷」的一聲起身。

「拓己的直覺敏銳得嚇人。下一次組隊，他很有可能成為正式選手。」

「咦……真的嗎？」

「嗯。等秋天三年級引退，八成會吧。」

「他還一年級耶？」

「春假開始我就參觀過好幾次社團的練習……在我看來，二年級裡沒有比他更厲害的中場了。雖然只是紅白對抗賽，學長們當然沒有拿出百分之百的實力，但如果是直覺敏銳的人，反而更會用些小技巧踢球才對。聽章哥說，總教練似乎是實力主義者，組隊時只要派得上用場就採用，不會管幾年級，所以不可能不用拓己。以後他說不定還會成為象徵司令塔的中場，帶領整支隊伍。」

「……」

想起了拓己在球場上來回奔跑的模樣，我的心臟怦咚跳動。

「──我才不會輸給他。」

俊輔躍躍欲試又神色認真地說。

「我絕對要和拓己一起成為正式選手。我跟他不一樣，至今都專職射手，武器就只有爆發力和毅力而已。不過，我要比以前更賣力地踢球。而且我也想和章哥站在同一個球場上。」

「嗯。」

俊輔雙眼熠熠生輝的表情，看起來比平常還要可靠。

「俊輔，加油喔。」我發自內心地聲援。「我會支持你的，如果有我幫得上忙的地方，就儘管開口吧。」

「謝啦，那我就不客氣了──」

「？」

俊輔咧嘴賊笑。

「明天起為了卯足全力在足球上，作業借我看。」

「不行。」

「……」

「快去把書包拿來吧。」

「……」

大概是終於死心放棄，俊輔鼓著臉頰說：「是是是。」然後不甘不願地起身。

＊

一起寫完作業後，已經是九點出頭。向母親說道「我吃飽了」以後，和往常一樣穿上涼鞋，再送俊輔到門外。俯瞰坡道下方，河川對岸顯得小小的二宮自行車行似乎已經關門歇息，照亮招牌的燈光熄滅了。

「妳打算參加哪個社團？」俊輔在大門外回頭問道。「雖然妳之前問了足球社的經理有沒有缺，但應該不是認真的吧？」

「啊……嗯，我剛才只是隨口問問。接下來這星期我會到處參觀，之後再做決定。」

「是喔。」俊輔鬆了口氣似的點點頭。「但妳聽好了，就算是其他社團，只要是男生社團的經理都不行。」

「為什麼？」

「沒為什麼。女生社團沒關係，但男生社團不行喔。就這麼說定了。」

「……」

我愣愣地沒有反應，俊輔於是受不了地說：

「妳一點也不明白耶，男人可是比妳想像中的還要危險。」

「……危險？」

「基本上男人滿腦子就只想著做色色的事情，尤其是高年級生，有很多人簡直莫名其妙。怎麼能讓妳這種傻乎乎的傢伙待在那些人裡頭啊，太危險了。」

「……」

傻乎乎是什麼意思嘛……

「總之，妳不能去當男生社團的經理喔——明白的話就回答。」

「……是。」

我有些沒好氣地噘起嘴唇後，俊輔笑著朝我伸長手，點了一下我的鼻子下方。

「你又像這樣把我當成小孩子……」

「妳已經不是小孩子了，所以我才提醒妳。都升上高中了，這方面該精明一點。受不了，就只有胸部不停變大。」

「喂……！」

我脹紅了臉舉起手，俊輔「喔」的一聲往後縮。

「討厭啦，笨蛋！」

我穿著涼鞋跳下石階，氣呼呼地追趕笑著來回逃竄的俊輔。

「喂喂，小夫妻又在吵架了嗎？」

我嚇了一跳回過頭，聲音的主人從通往俊輔公寓的小路推著自行車走出來。

「酒井先生，你要出門嗎？」

出現在路燈底下的酒井先生，叼著香菸向俊輔舉手致意。酒井先生三十多歲，約在兩年前搬到俊輔家隔壁，我只透過俊輔聽說到他的職業是自由業，還沒有直接與他說過話。

「去一下超商。抱歉，俊輔，自行車再借我。」

「請，不用客氣。」

「謝啦，我也會買冰棒回來給你。如何？還是蘇打口味嗎？」

「沒關係啦，不用這麼費心。」

「不不，姑且當作是租借費。」

「雖然你這麼說，還是常常不說一聲就騎走吧？」

「哇哈哈，這倒是真的。」酒井先生笑道，跨上俊輔的黑色自行車。

「下坡路小心喔。」

「喔——」

酒井先生抖掉香菸的灰，往我這邊瞄了一眼。

「真好，好羨慕你們。」

「羨慕什麼？」
「就會想起我也有過這段歲月呢。怎麼說，就是青春？」
「青春嗎？」
我們兩人互相對視。
「……哪裡青春了？」
「嗯，身處其中的時候，都因為太過理所當然，不會察覺到重要性呢。」
酒井先生微微一笑，再度叼好香菸，從肩膀拉起隨意披著的連帽外套後，留下香菸的氣味騎下坡道。他的身影很快消失在夜色裡，只有煞車的吱嘎聲不斷遠去。
「——妳看吧。」
「咦？」
呆呆地目送著酒井先生的我，茫然地看向俊輔。
「我指的就是這種情況。」
俊輔皺著眉伸出手來，揪住我身上粉紅色連帽外套的拉鍊，一股腦往上拉。
「所以我叫妳要提防一點啊。酒井先生都偷瞄妳了。」
「咦，騙人？」
「有點警覺啦。」
我這時才慌忙按住胸口。
「可是……因為，我裡面還穿了小可愛……」

「問題不是這個。」

總覺得一直惹俊輔生氣，我不禁十分沮喪，俊輔輕拍了拍我的頭。

「……」

「亞優，那掰啦。」

俊輔露出皓齒，嘿咻一聲將斜揹著的足球背包推到背後，手插進口袋。

「明天見了，謝謝妳教我寫作業。」

「啊……嗯。」

「晚安。」

「晚安……」

俊輔的背影眨眼間消失在昏暗的小路裡。

『妳問了足球社的經理有沒有缺，但應該不是認真的吧？』

「……」

其實我還滿認真的呢……但想不到兩人竟然那麼反對。

但想想也對，我只是想和他們在一起，這種動機簡直跟小朋友沒兩樣。想起俊輔熱情洋溢地談著足球時的眼神，我就有些慚愧。總不可能永遠當個小孩子，我也必須找到自己真正想做的事，好好努力加油。

噠噠噠地踏上石階，當我關上門正要插上門閂時，後頭的公寓傳來了疑似是俊輔發出的響亮打噴嚏聲。

3

離開音樂教室來到走廊，對著樂器演奏聲悠揚的室內說聲：「失禮了。」幾名學長姊便笑著點頭致意。慢慢地關上門後，我立即與日南子互相對看。

「——亞優，妳覺得怎麼樣？」

日南子的詢問聲中，明顯可以感覺到高昂的情緒。

「感覺很好玩呢。而且，吹奏樂器的學長姊們看起來好帥氣。」

「對吧！目前在我心裡，管樂社應該是候補第一名。」

日南子陶醉地在胸前交握雙手。

放學後，一年級生們悠哉地在走廊上來來往往，為了參觀社團活動在校內四處走動。昨天我們參觀過了網球社、弓道社和羽球社，今天是合唱團、茶道社和管樂社，但我第一次看到日南子這麼興致勃勃。

「亞優呢？目前為止參觀過的社團，哪個最吸引妳？」

「嗯……」

我與她並肩走下樓梯，回想直至現在參觀過的社團。

「我也覺得管樂社很不錯……但說到樂器，我只彈過鋼琴。」

「我也是啊。可是學姊也說了，只要看得懂樂譜就不成問題。」

「嗯……」

我確實想試試看，但說句老實話，現階段我更擔心自己能否跟上大家的腳步。我們參觀的時候，身後似乎已經決定入社的一年級生們，大概是國中就有吹奏樂器的經驗，正接受著學長姊的指導。每個人看起來都很厲害，總覺得不管我怎麼努力都只會拖累大家。

「那個，我另外還想看看運動社團的經理。」

移動到校舍出入口前方時，日南子翻找著西裝外套的口袋，掏出摺得小小的紙張。

「在招募經理的社團有手球社、排球社、壘球社、足球社……」日南子唸著唸著，慢慢地發出沉吟，歪過腦袋。「不過，經理要做什麼啊？」

「做什麼……」我望著日南子歪向一邊的臉蛋，跟著思索時，頭也自然地歪向同一邊。「不知道耶。」

「……」

日南子說道：「嗯，算啦。」隨手將紙張摺成一團，塞進口袋。

「總之，我們去校園看看吧。」

「啊，可是我……」

不當男生社團的經理——正要這麼說時，有人從後面輕敲了一記我的腦袋。我嚇了一跳，回過頭的同時，拓己的側臉掠過眼前，還聞到了些許消毒藥水的味道。

「好痛……」

其實並不痛，但我摸著自己的後腦勺，無意識地這麼說。拓己坐在校舍出入口的階梯上，穿著足球鞋，手肘上貼著全新的大片ＯＫ繃。見狀，我猜拓己是從旁邊的保健室走出來。

「拓己，你受傷了嗎？」

我問背對著的拓己，他便冷淡應道：「嗯，還好啦，擦傷。身體得再練得強壯一點，踢球時老是被學長粗魯地撞飛。」

拓己自言自語地嘀咕，聲音中似乎透著不甘心，然後用力綁好鞋帶，一骨碌起身。

「加油喔。」

我聲援後，拓己輕舉起手，腳步輕快地從出入口走向校園。

「二宮他啊，」日南子略微壓低音量。「枉費是個大帥哥，卻總是一臉很無聊的樣子。怎麼形容呢——就像是菸行老闆的兒子在父母要求下，不得已幫忙顧店的感覺？」

「……」

她的形容實在太過貼切，我忍俊不禁地噗哧失笑。

「好像真的是這樣。」

「對吧？他以前就這樣子嗎？」

「嗯。從小學三年級初次見面開始就是那樣。」

「嗚哇，真是不可愛的小三生。」

日南子說完後，不敢恭維地皺起臉。她那毫不掩飾的率直言行讓我覺得很滑稽，笑著拭去眼角滑出的淚水。

——不可愛嗎……

拓己的確很冷淡，情感也不表露在外，更是很少笑……如果我不怎麼認識拓己，大概也會覺得他很冷漠，對他敬而遠之吧。

可是，拓己的內心其實充滿熱情。說不定因為總是藏在心裡，其實比哥哥和俊輔都要熱血澎湃。

＊

那是國二發生的事，當時我與拓己同班。

每年晚秋都會舉辦全校性的班級合唱比賽，我竟然在那一年擔任伴奏，負責彈鋼琴。原本我就不怎麼喜歡彈鋼琴，琴藝說場面話也稱不上好，但因為當時沒有其他正在學鋼琴的同學，也就沒有選擇的餘地。

為了不給大家造成麻煩，我每天都練習到很晚。因為很清楚自己的鋼琴熟練程度明顯慢了其他班級很多拍，所以我埋頭苦練——結果，我的手腕得了腱鞘炎。醫生囑咐我要靜養一週，期間遇上班級練習時，就先請音樂老師代替我彈琴。

「乾脆就保持現在這樣，正式比賽時也由老師彈鋼琴比較好吧？」

某天放學後，我返回教室要拿忘記的東西時，這句話傳進耳中。

「因為鋼琴伴奏也會影響到分數吧？她鋼琴彈得那麼爛，肯定會被扣分嘛。要是她的腱鞘炎一直都好不了就好了……這樣說會不會太狠了？啊哈哈。」

我停在走廊上，緊盯著地板的接縫聆聽那道笑聲。

我很快就發現聲音的主人是誰，那個女生名叫美帆，是班上最顯眼小團體的領導者。她長得精緻漂亮，但個性有些讓人無法招架，班上同學從以前就不由自主會看她臉色說話。

「別這麼說啦，亞優也是非常拚命練習，才得了腱鞘炎啊，她很可憐耶。」

「就是說呀。」

聽見這兩道話聲，我想起了總是和美帆走在一起的兩名同學。

「咦——可是，琴藝高超的人再怎麼彈，都不會得腱鞘炎吧，所以她是自作自受。」

「可是……」

「啊，我想到了一個好主意。我們匿名寫信給她，勸她最好棄權，然後再建議她，就算手腕的傷好了，只要說手還會痛，就可以不用當伴奏了。」

「什麼啊，妳好恐怖。」

「我之前就在想……美帆妳是不是討厭亞優呀？」

「討厭啊。」

「嗚哇，竟然爽快承認。」

「為什麼？她很乖耶。」

「跟乖不乖沒有關係，討厭的人就是討厭。」

「啊——我知道了，是因為二宮吧？」

「……閉嘴。」美帆的聲音瞬間變得不悅。

「啊……原來如此，是這樣子啊。因為二宮拓己不知道為什麼只對亞優很溫柔嘛。」

「吵死了，不關妳們的事。」

像是踢椅子的「咯噹」聲傳來，我的肩膀嚇得抖動。

「總之，我就是不爽。明明平常毫不起眼，卻因為剛好在學鋼琴，好處都被她占光了，真教人火大。」

「什麼好處……」

「就是當伴奏啊。也不曉得她是不是想強調自己很認真在練習，明明不會很痛，還故意用繃帶把手包起來，簡直把自己當成了悲劇女主角嘛。」

「好可怕……美帆的嫉妒好可怕！」

「嗚哇，最好別接近她。」

「呀哈哈」的笑聲在鼓膜內刺痛地迴盪，我用力咬住嘴唇，拉下白色針織衫的袖子，好遮住右手腕上的繃帶。我眨了眨眼，模糊的視野變得清晰的同時，眼淚滴滴答答地落在室內鞋的鞋尖上。

——我其實也很想推掉啊。如果能夠直接放棄，不知道有多輕鬆……

我來不及拿出手帕，慌忙用手背抹去淚水時——有人輕柔地敲了一記我的後腦勺。訝異地抬起頭後，背對我的拓己正巧要走進教室。

「啊——二宮同學。」

教室內的氣氛變得緊張，是在擔心會不會被他聽見了吧。拓己沒有回應那聲呼喊，只聽得見他在教室裡走動的聲音。接著是停下腳步，粗魯地打開置物櫃，以及窸窸窣窣翻找裡頭東西的聲音。

「對了，二宮同學，今天足球社沒有測驗吧？」

美帆的嗓音中含著女生特有，討好心儀對象時的語調。

「要不要一起回家呢？我們正在討論等一下想去ＫＴＶ，而且也有優惠券。」

「……」

「……不行嗎？」

大概是因為拓己沒有答腔，美帆的聲音難過得往下沉。

「人家有點難過耶，我可是鼓起很大的勇氣才約你的唷？因為我想跟二宮同學當好朋友。別看我這樣，其實我這個人很膽小。」

說歸說，但美帆的聲音中充滿自信。其餘兩人似乎跟在她身旁，興奮地觀望著事情發展。

「我以前就在想……難不成二宮同學很怕我嗎？」

隔了幾秒後，傳來關上置物櫃的啪噹聲。

「抱歉。」拓己用一如既往的平板聲音說：「要說怕妳嘛……不如說，妳是誰啊？」

「……！」

這個時候，我想教室裡的三個人肯定和我一樣瞠目結舌。

「你……你是什麼意思？怎麼可能不知道，我們同班耶。」

「喔，我們同班啊？我都不知道。因為沒有興趣的人，我完全記不住她的長相。」

「……」

「別看我這樣，我其實也很膽小，所以沒辦法跟連名字也不知道的人去ＫＴＶ，抱歉了。」

「等……！」

噠噠噠的腳步聲往我這邊逼近。

我瞪圓了雙眼，保持直立的姿勢迎接從教室走出來的拓己，他突然捉住我的手腕。

「回去了。」

還來不及發聲，他就強行拉起我的手，我只好跟在後頭。與隔壁班的男生擦身而過後，揶揄的口哨聲從後方遠遠傳來。

「拓……拓己。」

彎過轉角，我們一逕在筆直的雪白走廊上前進。

「亞優。」拓己沒有放慢速度，說：「妳慢慢來就好了。至今妳都是暗地裡默默努力，不知不覺間追過其他人吧？我覺得妳這一點很厲害，所以——這次也絕對不能輸。」

「……」

拓己粗魯又笨拙的話語直達我內心最深層的地方，將我想逃避的心情徹底吹散。

我事後才發現，當時拓己雖然是粗魯地抓起我的手腕，但他抓的是沒有腱鞘炎的左手。

拓己比任何人都熱情，事實上非常溫柔。

後來，我順利地回到伴奏的崗位上，全班還在合唱比賽上拿到了第三名。當班上所有人流著淚分享喜悅的時候，拓己依然站在稍遠的地方，一副百無聊賴的樣子。

＊

「怎麼辦？要先去足球社看看嗎？」

日南子正要從鞋櫃裡拿出鞋子，我出聲制止道：

「等一下……我決定了，我要加入管樂社。」

「咦？」

日南子一臉吃驚，我朝她露出微笑。

「我很遲鈍，可能會比別人花更多時間，可是……我會慢慢加油，因為我想去做。」

「……真的嗎？」

日南子開心得雙頰酡紅，將正要拿出的樂福鞋放回鞋櫃，往我跑回來。

「其實我心裡也幾乎決定好要參加管樂社了。能跟亞優一起參加，我真的好開心！」說完，她牽起我的手。「欸，既然決定好了，我們去提交入社單吧！」

「咦……現、現在嗎？」

「就是現在！趁著亞優還沒有改變心意，好嗎？」

「等……日南子！」

日南子拉住我的手，跳著折回原路，我笑著邁步跟上。

——如果跟她一起參加，想必會更開心吧。

我內心的雀躍程度也不亞於日南子。

聽著她有些走音的哼歌，經過保健室前頭時，拉門正好喀啦打開。

——啊……

才剛經過，走出保健室的女學生便映入眼簾。與我四目相接後，她淡淡微笑。輕飄飄的栗色髮絲和同樣輕飄飄的可愛笑容，讓我一瞬間看得入迷。

——是保健委員嗎？

些許消毒藥水的氣味掠過鼻尖，拓己貼在手肘上的嶄新ＯＫ繃反射性地閃過腦海。

「我想選單簧管或者長笛——啊，薩克斯風也好難取捨。亞優呢？妳想加入哪個樂器組？」

沿著走廊前進，我在轉彎時回過頭，瞥見少女的背影朝著校舍出入口走去。

第四章

1

從海水浴場的自行車停放處穿過小路，視野剎那間變得開闊，同時可以看見五顏六色的遮陽傘散布在沙灘上。

「很好很好，還空著。」

俊輔踮起腳尖環顧當地這片鮮為人知的沙灘，心滿意足地說。

「我們常去的岩石區旁邊還沒人，就把基地設在那裡吧，雖然得走點路。」

語畢，俊輔再次輕輕鬆鬆地將放有飲料的沉重保冷箱揹上肩膀，啪噠作響地踩著海灘拖鞋往前走。

「嗚……現在還是早上，太陽怎麼就已經這麼毒了啊……」

日南子戴著遮住了半張臉的偌大太陽眼鏡，大感吃不消地打開陽傘，跟在俊輔後頭。

「再說，騎自行車好累！全身都是汗。所以我就說要搭公車過來啊，這下子就算擦防曬乳也絕對沒用嘛。」

日南子大發牢騷，俊輔無言地回過頭。

「寺田，妳抱怨太多了吧。現在是暑假，當然熱啊，而且接下來會一直游泳，擦防曬乳鐵定沒用嘛。」

「我想游泳，但不想曬黑嘛。和久井真是不懂女人心，所以才不受歡迎喔。」

「妳很吵耶。就算不受歡迎，我還是懂女人心啊，妳那樣就是所謂的盾矛。」

「嗯……好像不太對，而且那叫做矛盾啦。」

兩人默契十足地你一言我一語，我跟在兩人身後，忽然發現走在斜前方的拓己行李很多。他背上揹著巨劍般的遮陽傘，兩肩還扛著放有便當的小型保冷箱和斜背包，脖子上更掛著塑膠袋。我卻只拿著自己的行李，頓時覺得很過意不去，加快腳步追上他。

「拓己。」

「嗯？」

「很重吧？」

「不會。」

「我幫你拿一個行李吧？」

「不用。」

「……」

被他火速拒絕，我兀自垂頭喪氣，一個塑膠袋忽然遞到眼前。

「妳還是幫我拿這個吧。」

接過後，裡頭好像是塑膠墊。

「這個很輕，我再幫你拿一個——」

「不用。」

「……」

「喂——你們兩個好慢——」

不知何時日南子已經站在通向沙灘的階梯入口。跟嘴上的抱怨相反，她顯然很想快點游泳，朝著這邊大力揮手。

抵達目標地點後，在俊輔與拓己的合力之下，眨眼間就立好了遮陽傘，他們再分工為游泳圈和橡皮艇充氣，前後時間花不到十分鐘。兩人在橫須賀土生土長，這些步驟從小就不知道重複過多少次，閉著眼睛也能完成。

兩人毫不理會在遮陽傘下擦防曬乳的我們，接連脫下衣服，隨手丟在塑膠墊上。

「好，那我們先走囉！」

「啊，慢著！等我們一下嘛！」

不顧日南子的呼喚，俊輔踩在燒燙的沙子上，邊喊著「好燙好燙」邊抬高大腿，朝著浪邊跑去。

「亞優，接住。」

我一抬頭，拓己就輕輕投來剛充好氣的大游泳圈。在他絕佳的力道控制下，游泳圈套住了我的脖子，像套圈圈一樣轉了幾圈。

「好球！」

日南子拍手鼓掌，已經往前移動的拓己只是背對著我們豎起大拇指。

「哇喔，他們的體格真好耶，好想摸。」
「日南子，別這樣啦，妳好像大叔。」
「喂，性別要更正！至少要說我是歐巴桑吧。」
我笑著輕輕摺起他們丟下的衣服，海邊傳來了疑似是俊輔他們發出的悲鳴。多半是因水溫比想像中低，他們互相潑水，吵吵鬧鬧地玩耍。
「亞優，不好意思，可以麻煩妳幫我抹背後嗎？」
「啊，嗯。」
我拿掉脖子上的游泳圈，面向日南子跪坐，從脫下小可愛露出了底下比基尼的日南子手中接過瓶子，將帶點藍色的白色液體倒在掌心上，防曬乳散發出了夏天的氣味。
「欸，亞優。」
「嗯？」
「今天的便當是什麼？」
「我想想……」我的掌心滑過日南子美麗的背部。「有炸雞塊、章魚香腸、煎蛋、花椰菜……飯糰是梅干跟鮪魚口味。」
「太好了，我最愛鮪魚了！」
「鮪魚有很多，妳儘管吃吧——啊，不過，一不留神有可能會被那兩個人全部吃光喔，因為鮪魚很受歡迎。說完開動了以後，妳必須馬上拿好——來，擦好了。」
「謝啦。那我也幫亞優擦吧。」

「謝謝。」

我在塑膠墊上轉過身，在意著旁人的目光，忸怩地脫下T恤。雖然樣式不如日南子那般大膽，但我也鼓起了所有勇氣，買了人生第一件比基尼，但還是有點難為情。我略微撩起自己及肩的頭髮，用夾子固定住後，濕黏的觸感抹向背部。

「亞優——」

「嗯？」

「亞優妳喜歡哪一個呢？」

她指什麼呢？一瞬間我這麼想，然後回答：

「啊……嗯，這個……真要說的話我喜歡梅干……」

「不是啦。」

日南子笑著打斷，用一貫的悠哉語調問：

「我是說和久井與二宮——妳喜歡哪一個？」

「……」

陽光太過刺眼，我瞇起眼睛，在大海中尋找兩人的蹤影。看向立於遠處海面上，如今被當作跳水台使用的半朽碼頭遺跡，游到那裡的兩人正要爬上碼頭。

「——跟喜不喜歡沒有關係。」

拓己踩在俊輔的肩上率先爬上碼頭，然後伸出手要拉俊輔上來。俊輔卻調皮搗蛋地用力拉扯，拓己的身體轉了一大圈，落進海裡濺起水花。

「因為我們就像是兄弟姊妹一樣。雖然非常重要……但我覺得，跟戀愛的那種喜歡是不太一樣的。」

「嗯……」

「一開始我們三個人都追著我哥哥到處跑，順理成章就玩在一起。不久之後，哥哥自己先變成了大人，把還是小孩子的我們留在原地。就這樣，我們雖然身體不停長大，卻沒能變成大人，一直到了現在……大概就是這種感覺吧。」

「啊，原來如此……我好像可以明白。」

日南子的手停下來，倏地從背後往我肩膀上方探出頭來。似乎是看見了在海水裡嬉鬧的兩人，咯咯笑了起來。

「那兩個人真的感情很好耶。」

「嗯。」

「他們會保持那樣，變成像孩子的大人吧。」

「嗯，可能喔。」

我跟著笑了，正要想像兩人變成大人的模樣時，驀然想到。

到了那時候，我會怎麼樣呢？一樣能夠待在兩人的身邊嗎？

「其實啊……」日南子縮回腦袋，再次往我的背部抹起防曬乳。「隔壁班有個以前和我同所國中的女生，昨天她拜託我當她的愛情丘比特。」

「咦？」

「她說她喜歡上了二宮，看我跟他交情似乎不錯，就問我能不能幫她。」

「……」

「但我沒有辦法無視亞優，就去幫那個女生，所以才想先問問亞優的心意。不好意思喔，問了這麼掃興的問題。」

「不，完全不會。倒是好像還讓妳顧慮我……」

「不過，聽到亞優的回答，我做好決定了，幸好先問了妳。」

「……嗯，妳不用在意我，就去幫朋友……」

「我會拒絕她，說我無法幫忙。」

「……」

出乎意料的話語引得我回頭，日南子燦爛甜笑。

「為什麼……」

「亞優說的『我們就像兄弟姊妹一樣』這句話，究竟是認真的，還是只是在說給自己聽，我當然聽得出差別呀。」

「……」

「不過，這是亞優自己的問題，我就遠遠地守護妳吧——總之，我會拒絕當愛情丘比特。要是回答得不乾不脆，讓對方心生期待，反而對她很失禮，而且如果真的喜歡二宮，應該會自己想辦法吧。」

「……」

「咦，怎麼？我說的話很奇怪嗎？」

「不是……」我怔怔地說：「並不奇怪……但我還以為妳會唸我幾句。」

「唸妳什麼？」

「像是要我講清楚說明白……」

「不會、不會，因為我非常明白妳不想破壞現在關係的心情啊。而且……我也非常喜歡你們三個人，其實暗地裡也心想，希望能盡量保持現在這樣久一點。」

「……」

「嗚哇，好丟臉喔！因為看不到亞優的臉，我才說得出這種話。」

「日南子……」

我正要回頭，日南子從兩邊扣住我的腦袋，讓我重新面向前方。

「總之，也只能順其自然……雖然也有點在意他們能保持孩子的心態到什麼時候，但現在這樣也很好啊，什麼都不用想——好，結束！」

當作擦好防曬乳的信號，日南子用力拍向我的背部。

＊

我握住伸到眼前，形狀各自有些不同的兩隻手，伴隨著「預備——」的吆喝聲，身體一鼓作氣離開水面。那種彷彿飄浮在半空中的懸浮感讓我不禁尖叫，同時我的雙腳落在碼頭遺跡的水泥地面上。

「好，抵達！」

拓己與俊輔聯手將我拉上碼頭後，空出左右兩邊的道路。我邊說著「謝謝」邊縮起背，畏畏縮縮地走到中央聳立的柱子旁。

我低頭看向自己胸前的乳溝，撥正粉紅色比基尼上，吸收了海水的白色荷葉邊。

——早知道不穿比基尼了，比想像中更難為情……

我沒來由地感到無助，倚著柱子看向海面。遠方的房總半島今天有些氤氳朦朧，巨大油輪在平穩的大海上悠然前進，小得看來像是玩具船。

碼頭遺跡的空間不大，大概和我家客廳加飯廳的大小差不多。除了我們以外還有幾個小學生，清一色曬得黑溜溜的孩子們相繼跳進水裡再爬上來，如此周而復始，所以很難確切數出全部共有幾個人。

「好，接下來是寺田。」

「啊，不用啦，我自己爬上去就好。」

「不不不，妳爬不上來啦，穿著那種泳衣，不能雙腳大開吧。來，手給我。」

「不用啦。」

「幹嘛啊，為什麼這麼抗拒？」

「因為……你會比較我跟亞優的體重嘛……」

意料之外的可愛理由讓俊輔啊哈哈地大笑。

「笨蛋，我才不會比較咧。」

「才不！你絕對會在心裡不置可否地悶哼。」

「什麼啊，妳是少女嗎？」

「喂，我就是少女！如假包換的少女！不然你以為我是什麼？」

「知道了、知道了，那我下去從下面推妳的屁股吧。」

俊輔撲通地跳下水，日南子發出驚呼，劃開水落荒而逃。

「討厭，和久井這個色狼！」

大叫之後，日南子以完美的自由式泳姿游向岩石區。

「喂，妳……喂，等一下啦！」

日南子的泳技出奇得好，俊輔大概也認真較勁了起來，使出自由式追上去。

「那兩個傢伙真是笨蛋耶。」

拓己啼笑皆非地說，忽然轉頭看向我。

——嗚……

忍受不了他的目光，我小碎步地緩慢躲到白色柱子後方。

「……」

「……」

我從柱子後頭露出腦袋後，拓己很快地面向前方。

「呃……」

「嗯、嗯……」

「這種情況下，別那麼害羞比較好吧？連看的人也跟著害羞起來。」

「對不起……」

「呃，不必道歉……」

拓己撿起掉在腳邊的游泳圈，沒有看我這邊，反手遞過來。

「如果真的很難為情，不如用這個遮起來吧？」

「謝謝你……」

我接過游泳圈抱在身前，離開柱子後頭，站在拓己的斜後方。

陽光不留情地灑在身上，烘烤著毫無防備的肩膀。強烈的日光之下，拓己的背影依然英姿凜凜，看起來相當涼爽。背後小學生們發出了尖銳的笑聲，但我與拓己之間確實存在著僅屬於兩人的空間，當中瀰漫著沉穩又靜謐的氛圍。拓己吸滿了海水的頭髮滴下水珠，沿著古銅色的光滑肌膚滑落。

——拓己好像又長高了。

我往前站了一步，不著痕跡地比較兩人肩膀的高度。接著想起了自己去年也同樣在這個地方，悄悄比較著自己與拓己的身高。

前一年、更前一年，早在好幾年前，每到夏天，包含哥哥在內的我們四人常常來到這處海邊。除了俊輔不在橫須賀的那年夏天以外，我們每年都來。

在這裡，我們永遠都是玩得忘了時間的天真孩子。每到夏天，我們總能在這裡變回剛相遇時的那三個人。從今而後，這樣的夏天一定還會不斷反覆，不會有結束的一天。

我本來是這樣想的。

『總之，也只能順其自然……雖然也有點在意他們能保持孩子的心態到什麼時候，但現在這樣也很好啊，什麼都不用想。』

「……」

是從什麼時候開始呢？曾經我在海邊玩得渾然忘我，回到家還向母親炫耀身上泳衣的曬痕，不知何時起卻開始在意起自己會曬黑。

我再次低頭看向自己的胸前。從脖子淌下的水珠滑過隆起胸部內側的小黑痣，消失在乳溝之間。

——果然……早知道不該穿比基尼。

「那兩個傢伙到底跑去哪裡了啊？」

拓己抬起手掌遮擋陽光，往岩石區的方向尋找兩人的身影，瞇起眼睛。

「啊——找到了。兩個人還在你追我跑。」

拓己呵呵笑了起來，眼角溫柔地放鬆。看見他的笑臉，我的胸口總會一陣難受。

「——拓己。」

我情不自禁想喊他的名字，不自覺地對著他的側臉呼喚。大概是顧慮到我穿著比基尼，拓己僅往我轉過半張臉。

「什麼？」

「呃……」

我不知道該說什麼才好，往前走了幾步，站在拓己旁邊，下巴靠著抱在懷裡的游泳圈，低頭望著反射了太陽光而閃閃發亮的波浪。

「以後再來這裡吧。」

「……」

「明年、後年，一到夏天就來這裡吧。跟俊輔和拓己——大家一起……」

間隔了一會兒後——

「妳怎麼了啊？」拓己笑著說：「別說明年，有空的話，下星期或下下星期都可以來啊。騎自行車一下子就到了。不用練習的日子，我們一定會記得找妳。」

「嗯……」

我好開心，開心到不知為何覺得苦澀，滿滿地用力吸了一口氣。

現在，拓己肯定就在旁邊朝我展現溫柔的笑臉。

我垂著視線擠出淡淡笑容，將嘴唇埋到游泳圈底下，以掩飾自己的害羞。此刻我一點也不敢看拓己的臉，可是——總覺得他的聲音比平常更溫柔，內心忽然變得輕盈。

2

太陽已完全西沉，剛才還帶著晚霞色彩的天空沒進湛藍夜色裡。由於筋疲力竭，每次從海邊騎回家時，自行車的踏板都必定比平常要沉重。

我們排成縱隊騎在昏暗的小路上，騎下緩坡後，前面就是國道。一加快速度，因接觸海水而變硬的髮絲就沉甸甸地往後飛揚。

「寺田，我就說吧——？」

騎在我前面的俊輔轉頭往後面大喊。

「幸好騎自行車來吧——？」

低頭俯瞰，相連成串的車尾燈將十六號國道映得通紅，直至遙遠彼端。

橫須賀平地很少，道路也不多，不管要去哪裡，都必須先經過這條十六號國道，所以塞車在平日就已是家常便飯。到了夏天，若再加上往海邊聚集的觀光客，來往車輛更是難以動彈。如果搭公車來，現在肯定被堵在看不見盡頭的車陣裡。

「在十六號國道騎自行車，有些地方太窄了，很危險。所以我們騎魔法捷徑吧，雖然那條路有點凹凸不平。」

魔法捷徑是指什麼？感到好奇的同時，疲憊不堪的我與日南子有氣無力，異口同聲地應道：

「好——」

＊

「這哪裡……是有點……凹凸不平啊……」

背後傳來了日南子的呻吟聲。

「這根本……不是凹凸不平……是階梯了吧……」

「對……對……啊……」

附和的我也氣喘吁吁，光是說出這句話就耗盡全力。

在騎到這段階梯之前，我們就已在相當陡峭的坡道上上下下好一陣子了，體力消耗已達極限。離開海邊的時候，晚風甚至有點涼意，現在全身卻汗如雨下。

「喂，就快到了，加油吧！管樂社員的肺活量那麼弱怎麼行。」

俊輔的聲音從遙遠後方飛來。

「只要爬上這裡，剩下的都是下坡，還有額外的獎勵喔。加油！」

——什麼加油……說得那麼輕鬆……

我毫無力氣反駁，繼續拚了命地推著握把往上走。我讓車輪卡進階梯旁的斜坡上，小心翼翼地不要往後滾落，一階一階往上爬。

終於走上最後一階時，我和日南子都超過了極限，再也站不住。我們讓自行車倒在旁邊，癱坐在柏油路面上。

「所以……我就說……要搭公車來嘛……」

日南子擠出最後的力量，好不容易丟出這句抱怨。雖想幫腔附和，但現在的我實在沒有餘力。全身重得跟鉛塊一樣，恐怕無法馬上站起來。不過，坐著一動也不動，好一會兒保持安靜後，呼吸就逐漸緩和下來。

「來。」
抬起頭，拓己向我們各遞來一瓶礦泉水。
「謝謝……」
「謝啦……」
我轉開瓶蓋，馬上湊到嘴邊。感覺冰水盈滿口腔後，通過喉嚨，再流經身體中心。像有人拿著握桿調整一樣，慢慢地不再流汗。
感覺輕鬆一些後，我環顧四周，發現這裡是建於丘陵地上的住宅區。旁邊就是一座小公園，入口有台自動販賣機。
「奇怪了？」日南子突然訝叫，起身來回張望。「我知道這裡。」
「咦？」
她一步步走向公園，指著前面的道路說：
「沿著這條下坡往右走，再一直直走，就會到我家附近。」
「真的嗎？」
「真的……咦？好厲害。為什麼？簡直像是瞬間移動。」
日南子興奮得忘了疲倦，在原地跳了起來。
「所以我說過了吧？這是魔法捷徑。」
回過頭去，俊輔正得意萬分地雙手抱胸，靠著剛才那道階梯旁的鐵網。旁邊的拓己背對我們，望著鐵網另一頭。

「別小看當地的孩子啊。我們可是從小就騎著自行車跑遍了所有地方，所以沒有我們不知道的路。」

「和久井，你很厲害嘛。只有這種時候才這麼帥。」

「不准說只有這種時候。」

俊輔擺著沾麵店老闆的姿勢這麼說，再豎起拇指示意自己身後。

「喏，恢復精神的話，就過來這邊看看吧，給妳們獎勵。」

「獎勵……？」

我與日南子面面相覷後站起身，走上前去。隨著越來越靠近鐵網，我慢慢領悟到了俊輔所說的「獎勵」是指什麼。

「哇……超漂亮的。」

「嗯……好漂亮……」

站在我們剛爬上來的陡峭白牆上，平展在底下的是一片美不勝收的夜景。細小的路燈就像一顆顆鑲嵌的玻璃珠，十六號國道在其中勾勒出了微彎的曲線。遠方海面上，璀璨耀眼的橘光照亮了停靠在橫須賀基地裡的護衛艦，倒映在水面上形成光之彩帶。

「……每次看到這片風景，我就覺得，我果然很喜歡橫須賀。」

站在身旁的俊輔低聲說。

「雖然陡坡、階梯和隧道很多，又常常塞車，能夠引以為傲的也只有海邊……偶爾別人還誤以為橫須賀位在橫濱市裡頭。」

「……嗯。」

咯咯笑了以後，俊輔也跟著笑了起來。

「不過……這裡真的是很棒的地方，我果然非常喜歡。回到這裡來，我真的覺得太好了。」

「……」

這些低喃感覺像是俊輔在對自己說，我和拓己一句話也無法回答。連不曉得過往隱情的日南子也察覺到了奇妙的氣氛，不發一語。

不知什麼時候，橢圓形的月亮像貼紙一樣黏附在深藍色的夜空上。

＊

我們終於回到住家附近時，時鐘的指針已經過了八點半。一如往常在橋前與拓己道別後，我和俊輔兩人推著自行車走上坡道。

「事情就跟我之前說的一樣。」

俊輔仰望著坡道上方說。

「什麼一樣？」

「拓己他啊，在下次大型比賽的預賽上，應該會成為正式球員。雖然還沒有確定，但再這樣下去肯定沒問題。」

「好厲害喔……」

「真的很厲害，我也沒想到他會這麼快就當上。那傢伙的球感果然跟大家是不同等級。」

俊輔說得神氣活現，彷彿講的是自己。

「我也必須加油。雖然馬上就被他甩在後面，但我才不會輸給他。得快點迎頭趕上，免得被他甩到怎麼追也追不上。」

情緒激動起來，我忍不住大聲說。

「謝啦，亞優，妳等著看吧。」

「放心吧，俊輔一定沒問題的。」

「嗯，加油！」

來到家門前，俊輔在小路入口停下腳步。

「那晚安，明天的練習加油喔。」

「喔，晚安。」

笑著互相揮手後，我經過大門走向車庫，邊小心著別撞到車子邊停好自行車，拿起鑰匙再度來到馬路上時，我「咦」地叫了聲。

「——你不回家嗎？」

俊輔的手搭在自行車的握把上，依然站在原地。我走上前，發現他的表情有些陰沉。

「怎麼了？發生什麼事了？」

「不……」

俊輔顯得有些遲疑，噤不作聲。他這副模樣很少見，所以我不知所措地看著他。

沉默持續了半晌，俊輔搔了搔太陽穴後開口說：

「那傢伙……拓己，為什麼都不擺出高興的表情呢？」

「……」

「我也知道在替補的學長們面前聽到這個結果，他當然不可能高興得當場手舞足蹈。可是只有我們兩個人的時候，我明明對他說了恭喜，他卻一臉興致缺缺的樣子……所以我一個火大，就使出了夢幻搔癢攻擊讓他舉手投降。」

「這是因為……」我歪過頭略微思索。「拓己想跟俊輔一起成為正式選手吧？所以他一定是希望等俊輔也成為正式球員時，再跟你一起分享喜悅。」

「……」

聞言，俊輔神色凝重地悶不吭氣。

風向似乎突然變了，依稀從遠方傳來了平交道的警示鈴聲。鈴聲消失後，靜謐降臨，宛如只有我們兩人被留在黑暗裡。

「……是啊，我也覺得妳說得沒錯。那傢伙是在顧慮我。」

沉默了片刻後，俊輔又說：

「拓己個性太好了，這種時候，他沒辦法在我面前露出開心的表情吧。」

「……」

「我知道，他從以前就是這樣了。那傢伙一有什麼好東西，都會分我一半。像是新的遊戲片、從家裡帶來的高級巧克力……連社團活動結束後回家的半路上，人家多送的一塊可樂餅也是。明明我說了他可以全部吃掉，卻假裝沒聽到地留下一半。他這一點從小就沒有變過，好像對我特別講義氣……所以像這一次，拓己也不曉得該在我面前做出什麼表情吧。」

「……」

「忘了是哪一次，小四嗎？不，還是小五？妳還記得嗎？拓己在某次抽獎，抽到了日本職業足球聯賽的門票。」

——日本職業足球聯賽……

我往記憶深處伸手摸索，觸感很模糊，但指尖隱約碰到了某些碎片。

「我好像有點印象……記得你們後來不能去了吧？」

「對。時機非常不巧，我偏偏在前一天發了高燒。所以我還以為拓己肯定會約足球俱樂部的其他人一起去，結果拓己那傢伙竟然把兩張門票都給了別人。我說『你應該要去啊』，他就若無其事地說『我還會再抽到票，你下次別發燒了』。」

「真像拓己會說的話。」

「對吧？真的很像那傢伙的作風。如果我不能去，他也不會去，雖然笨拙，但這就是那傢伙認定的友誼。包括這些事情在內，我真的覺得他是個老好人。可是，可是……」

話聲突然中斷，我看向俊輔。從坡道上方吹下來的暖風，自身後吹亂了我沒有綁緊的頭髮，只留下了某種預感便呼嘯而去。

「我們已經不是小孩子了。一旦變成大人，也會有無法平分的東西吧。」

「……」

俊輔的雙眼直勾勾地望著我。在他認真眼神的注視下，心臟的跳動慢慢加快。

「真正重要的東西，大多無法共享吧……那傢伙擁有重視的東西，如果那對我來說，也絕對無法讓給他，妳覺得拓己會怎麼做？」

「……」

「我覺得……那傢伙還是會壓抑自己的感情，拱手讓給我吧。」

——俊輔，你怎麼啦？

我想一笑置之地這樣回答，但甚至擠不出笑容。

——俊輔，不要說了。再說下去，我怕……

我怕一直沉眠在那裡的某些事物，會發出聲響動起來。

「看到拓己確定成為正式選手，卻一點也沒有高興的樣子後……我發現到了。說不定拓己至今一直都在顧慮我——」

「你們幹嘛在家門口卿卿我我啊？」

緊繃的氣氛一口氣舒緩開來。

看向坡道下方，提著超商塑膠袋的哥哥正不疾不徐地走上來。

「喔，章哥，你回來啦。」

我聽見俊輔稍稍拉高聲音。

「我回來了。海邊好玩嗎？會不會很多人？」

「還好啦，今天還有點海浪，景色很漂亮喔——倒是成瀨學長今天跟女朋友去了哪裡啊？」

「想聽嗎？」

「想聽！」

「算了吧，對你來說太刺激了。」

「喂，這樣很不妙耶。反而讓人產生更多遐想。」

我安靜地聽著兩人耍嘴皮子，哥哥看見我的表情，一臉疑惑。

「……怎麼了？你們該不會在吵架吧？」

我與俊輔交換視線，兩人不約而同搖了搖頭。

「不，沒有。」

「沒事啦。」

「……是嗎？」哥哥還是滿臉納悶，但沒有繼續追問。「俊輔，今天的晚餐呢？你可以來我們家吃啊。」

「啊，不了。」俊輔瞄了一眼我的方向。「明天還要早起練習，今天也很累，我就先回家了。」

「是喔。」

「嗯，謝啦——掰掰。」

「晚安。」

「晚安。」

「晚安……」

目送俊輔推著自行車消失在夜色裡以後，哥哥打了一個大呵欠，哐啷地打開門。還以為哥哥會好奇追問，但那一天，哥哥始終沒有問起我與俊輔發生了什麼事。

3

嘰嘰嘰嘰嘰，極度刺耳的煞車聲蓋過油蟬叫聲，往坡道下方移動。最後發出了震天價響的悲鳴聲後，自行車停在河川前頭。

——這個聲音真的很可怕呢……

教人不快的聲音還在耳中深處繚繞，我皺著臉，低頭看向自己跨坐著的母親的紅色自行車。騎著這輛車，肯定會招來行人的側目。

——希望能很快修好……

我看向河川對岸，發現二宮自行車行的鐵捲門只拉起了一半。

＊

「早安……」

我在店門前停下自行車，彎腰往鐵捲門裡頭打招呼。緊緊關起的玻璃門內側一片昏暗，沒有人的蹤影。

——真奇怪，應該快到開門的時間了呀。

我後退兩步，看向鐵捲門，而後發出嘆息：「對喔……」營業時間旁邊，寫著斗大的「週三公休」。

『我明天想騎自行車出門，可是最近車子的煞車聲太嚇人了。妳能替我牽去拓己家，請他們幫我看看嗎？』

在母親的請託下，我帶著惺忪睡眼早上九點就跑來……但徹底忘了今天是星期三。

——既然公休，那也沒辦法。不修理的話明天媽媽就傷腦筋了，趕在天氣變熱之前，去一趟車站前的自行車行吧。

我轉過身，正要走回自行車時——

「早安。」

我嚇了一跳回過頭，便見拓己從車行旁的低矮石牆後方探出頭來。剛剛在聽音樂吧，他摘下兩耳上的白色耳機。

「怎麼一早過來？」

「啊，呃，是我媽媽的自行車……我忘了車行今天休息，所以……」

我在意著自己一頭亂髮，講話語無倫次。拓己開門走到門口，他從看來是家居服的格紋短褲裡拿出iPod，捲上耳機放回口袋。

「怎麼了？爆胎嗎？」

「不是，好像是煞車太大聲。」

拓己穿著涼鞋大步走向自行車，彎腰蹲下。

「媽媽說只要擦潤滑油就沒問題了……」
「不行，要是替煞車抹潤滑油，就會滑得無法煞車了。很多意外就是這樣發生的。」
「啊，這樣啊……」
——真是好險……
我暗自鬆了口大氣。幸好問了拓己，不然如果車站前的自行車行也沒開，我就會一無所知地自己買潤滑油回來擦了。
拓己動作熟練地重複著踩下踏板再按煞車的動作。
「是前輪，我幫妳看看吧。」
「咦？」
「今天我老爸出門了，如果只是煞車片歪了，我也能修好。」
「啊，可是……」
那太麻煩了——不顧正想這麼說的我，拓己踢起腳架，牽著自行車往住家大門移動。我可以跟過去嗎？還是待在這裡等，他會打開店門呢？我不知所措，來回看著鐵捲門和拓己。
「妳有時間等嗎？」
「咦？」
「我修車的時候，妳有時間等嗎？」
「啊，嗯，沒問題。」
「那往這邊，跟我來吧。」

拓己只丟下這句話，就火速打開大門走了進去。

＊

縱深的庭院裡樹木擋住了藍天，非常涼爽宜人。沿著圍牆種植的南天竹與丹桂底下，覆蓋著薄薄苔蘚的巨大踏腳石凹凸不一地頭尾相連。我想起了小學的時候，我們三個人曾在上頭跳躍玩耍。

踏出通往玄關的左彎鋪路石小徑，一直線地前進後，盡頭是一間年分已久的水泥車庫。鐵捲門已經生鏽，記得我搬來的那時候就無法打開了。拓己繞到車庫側面，撐著自行車打開側邊的黑色鐵門。

「妳等我一下，我先讓裡面的空氣流通。」

聽到他這麼說，我在稍遠前方停下腳步，但發現拓己要把自行車牽進裡頭時似乎遇到困難，急忙衝上前扶住沉重的鐵門。

車庫內悶著熱氣，充斥著工廠似的油膩氣味，且滿是灰塵。拓己打開大窗戶，涼爽的風便從我背後的鐵門灌進來，眨眼間將內部的空氣吹送出去。

「真驚人，裡面變成了這樣啊。」

車庫內部收拾得很整齊，寬敞昏暗的空間散發出了祕密基地的氛圍，激起人的童心。

我往裡頭踏出一步，最先映入眼簾的是輛嶄新的天藍色自行車，一派高傲自若地佇立在車庫深處的自行車鐵架上。很明顯不同於上下學用的自行車，是運動單車。

「這是誰的車？」

「我的。」

「咦……」

「我從小學就一直為這傢伙存錢，但只是買來，幾乎沒有騎過。」

我走近端詳，單車乾淨得像是放在店裡的新車。乍看之下，我根本看不出來牛角形的握把該怎麼握。輪胎表面很光滑，明顯比一般自行車細窄。光可鑑人的車身讓人捨不得留下指紋，我沒有伸手觸摸，後退一步打量整輛車。側對著我的單車顯得趾高氣揚，彷彿很清楚自己是拓己的寶貝。

「顏色好漂亮。」

「對吧？這是限定款顏色，現在應該已經買不到了。」

拓己將母親的自行車移動到牆邊，立起腳架，從旁邊架上拉過放有工具的沉甸甸箱子，當場蹲了下來。

「妳可以坐那邊，還算乾淨。」

我看向窗戶下方，有個大沙發直接放在水泥地板上。沙發套底下露出的木質椅腳十分老舊，但鋪在上頭的素色布料確實很新。

「這裡都用來做什麼？收拾得很乾淨呢。」

我淺淺地坐在三人座沙發的尾端，詢問背對著的拓己。

「因為我想要有地方可以把玩單車，才自己整理了這裡，另外雨天也會在這裡訓練。」

「哇……」

我左右環顧，車庫角落放有家庭用的訓練器具。

「我家也有這台，但爸爸買回來以後，現在變成了暫時的曬衣架。」

「我家也一樣，我家也是老爸買了以後，三分鐘熱度一過就丟著，所以我就接收了。」

講話的同時，拓己仍毫不遲疑地繼續手上的作業。每當他靈活地轉動扳手，地板上的細小零件就一個個增加。

「好厲害，我都不知道拓己會做這些事。」

「好歹我也是自行車行老闆的兒子。」

「是叔叔教你的嗎？」

「因為我一直都在旁邊看，而且我原本就喜歡拿工具把玩機械。」

「是嗎？」

「小學時，我還曾經把自己的自行車分解得太零碎，結果組不回去，不甘心地哭著請老爸幫我修好。」

「……好可愛喔。」

「才不可愛，只是個笨蛋。」

拓己像這樣談起自己的事情真是太難得了，我開心地繼續發問。

「拓己以後也要當自行車行老闆嗎？」

「還不曉得，雖然我想繼承。不過，父母好像希望我去公司上班。」

「為什麼？」

「我老爸說，開在鎮上的自行車行以後要想存活下去恐怕很困難。因為現在很多人都上網訂購，或在量販店買那些幾乎是用過即丟的便宜腳踏車。而且，也不知道這一帶什麼時候會出現大型自行車行。那樣一來根本沒辦法對抗，我爸說到時索性就把店收起來，當個修理師傅去那邊應徵。竟然對想繼承家業的兒子說這種話，很讓人夢想破滅吧？」

拓已說完，背對著我笑了起來。

涼風不時從敞開的大門吹拂進來，溫柔地搖動我的髮絲，再從窗戶溜出去。外頭就是竹林，每當起風，身後響起的樹葉沙沙摩擦聲非常心曠神怡。

「妳今天好像很愛說話。」

「咦？」

「明明平常傻輔不在，妳就很安靜，真難得。」

「……」

——拓已才是……

才要這麼說，我恍然驚覺。我剛才覺得只有拓已出奇地多話，但我對著他的背影，也確實比往常丟去了更多問題。

這大概是因為我們兩人沒有面對面吧。

我用兩手的食指和拇指比出四角形，當作是觀景窗窺看拓已的背影。兩人不是肩並肩，而是在這種距離下才能開心談天，感覺有點好笑。不過，也覺得這很符合我們兩人的個性。

……現在這樣再一下子就好。

我想輕鬆自在地從這裡注視拓己的背影。

『我們已經不是小孩子了。一旦變成大人，也會有無法平分的東西吧。』

「……」

我將忽然浮至眼前，俊輔認真的眼神壓進大腦角落。

「拓己。」

「嗯？」

「呃……恭喜你。」

「什麼？」

「聽說你幾乎確定會成為正式球員吧，前陣子俊輔跟我說的。」

「啊。」

拓己依然面向前方，小聲地應著「嗯，喔」。

「很厲害耶，你才一年級。」

「章哥也是一年級就成為正式球員吧。」

「可是，那是三年級引退的時候吧。俊輔也說了，這時候就能當上正式球員很厲害。」

「剛好而已啦，總教練也說了這次是實驗性質，實際上能不能站上球場還不知道。」

「……」有些敷衍的語氣讓我很在意，我戰戰兢兢地問：「拓己……你不怎麼高興嗎？」

「……」

「俊輔也說了，你好像不是很高興……」

「我很高興啊。」

放在地板上的扳手發出喀鄉聲。

「雖然高興……但也覺得，為什麼是我？」

「……」

「因為我獲選而被排除在名單外的那個學長，之前參加過強校的入社測試，結果沒有通過，所以才選了還算強的我們高中，特地從很遠的地方來就讀。雖然我也喜歡足球，但如果有人問我對於足球的熱情是否不輸給那個人，我沒有自信回答是……如果我也像俊輔那麼認真——」說到一半，拓己再度拿起扳手。「不過……說出這種話的我更失禮吧。」

拓己說完後，不再作聲。

風不知不覺間停了，坡道傳來的油蟬叫聲反而越來越響亮，從大門往窗戶穿越而過。

『那傢伙擁有重視的東西，如果那對我來說，也絕對無法讓給他，妳覺得拓己會怎麼做？

——我覺得……那傢伙還是會壓抑自己的感情，拱手讓給我吧。』

我凝視著拓己繼續默默修車的背影，很後悔自己有些追問太多了。想到背影前方，拓己滿不在乎的雙眼正望著自行車，胸口就一陣刺痛。

4

「亞優——電話——」

我在房間與暑假作業奮戰時，樓下傳來了呼喊。我正在寫計算題耶，我嘆著氣下樓，電話的子機就放在客廳茶几上。

「誰打來的？」

我問在廚房炒菜的母親。

「章吾。」

「哥哥？……有什麼事嗎？」

「不知道，總之他叫妳接電話。他後面傳來很吵的聲音，還跟足球社的人在一起吧？——啊，順便幫我問他會幾點回來？我要準備晚餐。」

「知道了。」

我一將電話貼在耳上，粗野的歡呼聲冷不防在耳邊響起。

「——喂？」

『喔，接了。亞優嗎？』

「嗯，你在做什麼？社團呢？」

『剛剛結束，現在我們在學校附近的運動公園。』

「公園？」

『對。妳現在在幹嘛？有空嗎？』

「我很忙，在寫作業。」

『作業之後再寫就好了啦，妳現在出來一下吧。』

「咦……？」

——怎麼了嗎？但我的問話聲被話筒另一頭傳來的如雷歡呼聲徹底蓋過。

＊

公園南側的出入口周圍排放著許多輛自行車，我在最角落發現哥哥的自行車後，將車子停在旁邊。

走出家門的時候天空還有些明亮，現在已經被黑色掩埋，點綴著點點星光。我豎耳傾聽，公園裡傳來了某種東西炸開的聲音，也聽到了細微的笑聲。

——雖然要我走去烤肉區，但感覺走過去要一段距離呢……

我惴惴不安地張望景色與白天大相徑庭的昏暗公園內部。

「晚安。」

忽然有人從黑暗中出聲說，我不由得繃緊全身。

「哈哈，抱歉，嚇到妳了嗎？」

街燈之下，照出宗方學長的笑容。

「因為聽到亞優要來，我就急忙過來接妳。這附近燈很少，所以我很擔心。」

「不好意思，還讓你特地過來。」

「不，其實我是別有居心，因為很少有機會可以跟亞優兩人獨處。」

「……」

這麼輕易就對我說出這種話……該怎麼回應才好呢……

看到我倉皇無措，宗方學長的眼鏡底下閃過有些壞心的笑意。

「那我們快點過去吧。動作不快一點，煙火就沒了。」

散步道比想像中更暗，而且是沒有鋪修的碎石路，走路時如果不小心謹慎，就有可能被石頭或樹根絆倒。步道兩側的大樹枝葉蓊鬱，幾乎擋掉了所有街燈光芒。太陽已經下山了，油蟬朝氣蓬勃的叫聲絲毫沒有止息的跡象，反倒讓人有些毛骨悚然。

「今天練習完要回家時，有個社員說他摸彩抽到了大量的煙火組合包，所以大家就鼓譟說現在去放，臨時舉辦了煙火大會——啊，但妳不用太擔心，聚在這裡的都是感情比較好的社員。包括章吾跟我在內，共有五、六個交情較好的二年級社員，以及和久井與二宮，另外還有——」

說到這裡，宗方學長忽然盯著我瞧。

「亞優，妳沒事吧？妳那麼怕黑嗎？」

說完，他從斜上方端詳提心吊膽又小心翼翼地往前走的我。他的表情比起擔心，看來更像是樂在其中。

「不，我沒事。」

我帶著明顯僵硬的表情回答後，學長輕笑出聲。

「亞優真的很可愛耶。感覺很單純，沒有混雜任何不純的事物……妳很受歡迎吧？」

「不，怎麼可能呢，我完全不受歡迎。」

「真的嗎？」

「真的，我也幾乎沒有和班上男生說過話。」

「啊……這樣啊。」

宗方學長握拳貼著嘴邊，笑得耐人尋味。

「有兩個人露出那麼可怕的表情當妳的保鑣，任何人都不敢出手吧。連身為章吾死黨的我都不敢靠近了。」

他自顧自心領神會似的咕噥，往我一瞥。

「太過可靠的青梅竹馬也是一種麻煩呢。再這樣下去，會不會都交不到男朋友，高中生活就結束啦？」

「這個……」

「會傷腦筋嗎？」

「呃……不……」

我不知該做何反應，總之先露出尷尬的客套笑容別開目光。

——怎麼辦？我真的很怕這種話題……

我動著大腦尋找共通的話題，竭力想把話題帶開。

「但放心吧，我想你們的無敵陣營也快到瓦解的時候了。」

「……」

我愣愣地轉頭看去，宗方學長行若無事地將視線轉向前方。

「再漂亮的三角形，一旦加入了另一個紅點，就會變成扭曲的四角形。當有一個人脫離，銅牆鐵壁般的防守也會出現大洞，到時亞優就能名正言順地成為自由之身。」

「……」

——另一個紅點……？

意有所指的話語讓我的內心深處騷動不安，學長側臉上若隱若現的惡作劇神情，更是加重了我的不安。

「請問……」

「嗯？」

「你說另一個紅點，是指什麼呢……」

「……」

宗方學長靜靜地回望向我，忽然笑了。

「亞優真的很可愛耶——讓人忍不住想欺負妳。」

「咦……」

「哈哈，我不會真的欺負妳啦，別那麼害怕——啊，看到了。亞優，就快到了。」

感覺話題被蒙混岔開，我內心有些鬱悶。看向學長指的方向，便見樹木縫隙間，白色軌跡的光帶反覆浮現。那是沖天炮，混在笑聲中傳來的慘叫，可能是有社員玩得起勁，朝著其他人發射了沖天炮吧。

我出神地望著那宛如流星一般的沖天炮光輝，慢慢消失於黑暗中。忽然一隻掌心碰向我的後背，我嚇得肩膀劇烈晃動。扭過頭，宗方學長的臉龐近在眼前，我不由得倒抽口氣。

「——入口在這邊。」

「啊……」

沒有理會僵硬不動的我，學長很快地抽身向後邁步。

「小心別被沖天炮打到喔。」

「是……」

我對自己的反應過度感到難為情，慢吞吞地跟在後頭，眼前的背影忽然停下。

「對了對了，我還沒告訴妳……剛才還有另一個人在，但她看完升空煙火就先回去了。」

學長回過頭來，露出微笑。

「她跟妳同屆，不曉得亞優認不認識她。她是一年C班的井上芹香，今年加入足球社的經理。她認識亞優喔，還說了很想跟妳說說話，不嫌棄的話，以後跟她好好相處吧。」

宗方學長說話時，眼神中依舊潛藏著像是孩童對惡作劇引以為樂的那種殘酷光彩。

＊

點了火的點火器前端靠近我手上的煙火，搖曳的橘色火苗蔓延到輕飄飄的薄紙上，一秒過後迸出白色亮光。

穿著練習服的俊輔輕抬起腳避開。白色的火焰慢慢變成藍色、綠色，再變成紅色。

「噢，危險！」

「感覺這個好單調，完全不華麗。」

「怎麼會，很漂亮呀。」

「嗯，是很漂亮啦，但不能再更……怎麼說……再多點變化？」

「變化？」

「如果我是煙火師傅，就會讓火花更加噼哩啪啦，然後再讓煙火轉轉轉，最後咻砰！」

「……我有點聽不太懂。」

「就是『咻咻咻砰——』這種感覺。」

「抱歉，我真的聽不懂。」

「是喔。」

兩人蹲著欣賞煙火時，旁邊出現了某人腳上的帆布鞋。

「火借我。」

在我身旁坐下的人是拓己。他將表面有著條紋圖案，很像糖果包裝紙的煙火前端靠過來，嘶嘶聲響起的同時竄起綠色火焰。

「這個好漂亮。」

「嗯。」

風向起了變化，白煙飄向拓己。

「好嗆。」

為了避難，拓己蹲著往我這邊移動一步，手肘碰到了我的膝蓋。

「抱歉。」

「不，沒關係。」

臉頰有點燙，是因為煙火的關係？還是因為距離縮短的關係？我自己也不清楚。

「喂——北川，太危險了啦。」

「好燙！你這個笨蛋！」

一段距離外的長椅前，有個二年級學長兩手拿著煙火不停旋轉，周遭眾人此起彼落地怒罵。雖然真的很危險，但站在安全的地方觀賞時，朦朧地烙印在眼中的白色軌跡宛如土星環，非常美麗。

我的煙火熄滅後不久，拓己的也熄了。

「真想玩線香煙火呢，這裡有嗎？」

「本來有，但都怪這傢伙……」拓己越過我頭頂，用拇指示意俊輔。「居然說什麼『我要做特大號線香煙火球！』就拿著整束線香煙火點燃了。」

「咦？全部嗎？」

「全部。」

「……結果怎麼樣了？」

「就很平常地起火燃燒了啊。」

「……」

「亞優，妳幹嘛？別用那種像在看排水溝裡頭髮的眼神看我嘛。」

「你為什麼要做那種事？線香煙火就是小小的才漂亮呀。」

「不不不，任誰都會想集中在一起做成特大號的橘色火球啦。」

「才不會。」

「會啦，這正是大男孩的童心。妳應該用更寬廣、更溫柔的心胸看待才對啊。」

「俊輔這個笨蛋。」

「啊，妳——」

「虧我很想玩線香煙火。」

「妳好狠，別罵我笨蛋啦。這就跟當著禿頭的面罵他禿頭一樣，很傷人耶。」

「……」

「別鬧彆扭了，對不起嘛。」

俊輔傷腦筋地垂下眉毛，搔了搔頭。拓己在我旁邊嗤嗤笑了。

「好了好了，下次再玩吧，我會去買線香煙火來，好嗎？」

「……」

「好孩子，很乖很乖。」

「……」

我鼓著腮幫子被摸頭時——

「喂，你們兩個！」

聚集在長椅四周的二年級學長們朝這邊呼喊。

「是！」

俊輔和拓己迅速起身。

「我們本來想等手持煙火都玩完了以後，大家再一起玩線香煙火，但找了袋子都沒有找到。你們有沒有看到？」

「……」

兩人在我頭上互相交換了眼神。

「——沒有。」

拓己神色自若地回答。

「是！我也沒看到！」

俊輔格外中氣十足地順勢應道。

＊

「好，我要點火了喔——」

哥哥拿著點火器，在一字排開的三個大型筒狀煙火旁蹲下。

今天的重頭戲是眾多煙火中最大的龍圖案花筒煙火，而最後的壓軸，則是寫著「大江戶大爆發」的特大升空煙火。極盡誇張之能事的名字讓我充滿期待，但又有些害怕，躲在拓己和俊輔後面觀看。大概是點火器出了問題，哥哥喀嚓喀嚓地按了好幾次開關。

沙沙沙的樹葉摩擦聲傳來，幾秒過後出乎意料冷的風吹拂而過，短褲底下的大腿冒起雞皮疙瘩。八月中旬的盂蘭盆節剛過，就已經能感受到秋風的氣息，令人感到有些寂寥。

——真想至少再去一次海邊。

拓己和俊輔似乎已經與足球社的社員們去過了好幾次，但我因為社團的休息日期很少與他們重疊，結果在那之後一次都還沒能去成。

「不行，這個已經點不著了——宗方，你的打火機借我。」

「嗯。」

哥哥將空了的點火器放在旁邊，接過宗方學長遞去的百圓打火機。感覺會與抬起頭的學長眼神對上，我不由得垂下目光。

『她跟妳同屆，不曉得亞優認不認識她。她是一年C班的井上芹香，今年加入足球社的經理。她認識亞優喔，還說了很想跟妳說說話，不嫌棄的話，以後跟她好好相處吧。』

——那個經理也一起去了海邊嗎？

宗方學長口中的經理井上芹香，雖然只是單方面，但我也認識她。記得有一次拓己手肘受了擦傷，包紮完從保健室走出來後，緊接著走出來的就是那個女生。

我的教室與C班有段距離，所以頂多偶爾在走廊上擦肩而過，但當我從教室低頭觀看足球社的練習，始終可以在操場旁邊發現穿著運動服的她。

而且……每次看到她，心頭就會湧現起漣漪般的沉悶感。

也許是我誤會了，也許只是偶然再加上偶然。但我再怎麼說服自己，內心深處還是非常確定。當她定睛望著足球社的練習時——視線前方總是有著拓己。

「咦？」

俊輔環顧四周，附耳向拓己悄聲問：

「井上回去了嗎？」

「早就回去了。」

「什麼時候？」

「在亞優來之前不久。」

「真的假的？我完全沒發現。」

「她還跟大家都說了掰掰，你到底多沉迷在煙火裡啊。」

拓己受不了地笑了，忽然轉頭看我，視線與我交會後，那雙黑暗中仍看得出十分美麗的眼睛含著笑意微微瞇起。

「亞優。」

我發覺自己露出了很不爭氣的表情，急忙擠出笑容。

「什麼？」

「明天管樂社休息吧？」

「咦……？」

「剛才在學校前面我們碰巧遇到了寺田日南子，是她說的。」

「啊……嗯，對啊，休息。」

「那麼——」這時俊輔也回過頭來，咧嘴燦笑：「明天我們三個一起出去玩吧。我們也好久沒休息了。妳想去哪裡，都帶妳去。」

「……？」

我正不知所措時，拓己瞥了俊輔一眼。

「剛才我和俊輔在討論，因為最近休假的時間很少重疊，妳會不會暗地裡很寂寞，所以明天就去妳想去的地方吧。看要去八景島還是橫濱，更遠的地方也可以。今年水母好像還沒出現，應該也還能下海游泳。」

「……」

我啞然失聲地交互看著兩人，俊輔朝我伸出手，食指從下面點了一下我的鼻子。

「妳這張呆臉是怎麼回事？難不成以為我們忘了妳嗎？」

「……」

溫暖的情感慢慢湧了上來，不知怎地眼淚就要跟著掉下來。我在喉嚨上使力，把想說的謝謝全嚥回肚裡。但是同時，我感覺得到自己的臉龐忍不住綻開笑容，不由自主低下頭後，俊輔把手支在大腿上彎腰。

「哦，她的表情超高興的耶。」

「真的，笑容超級燦爛。」

兩人從兩邊取笑地低頭看我，我背過不禁微笑的臉龐說：「不要這樣啦……」

「好，點著了！」

這時，與點火陷入苦戰的哥哥傳來了開心的大喊。

火焰沿著導火線竄向煙火筒的同時，藍白色火焰發出了嘶嘶巨響，如噴泉一樣爆發噴出。望著高度跟一個人差不多高的煙火，社員們大聲歡呼。

「……想不到還滿壯觀的。」

「嗯，真沒想到。」

哥哥成功點燃了旁邊的煙火後，露出心滿意足的表情慢慢後退。

兩道絢麗的光柱照亮四周，我因太過耀眼而瞇起雙眼。潔白又熾烈，就像夏天的陽光一樣。稍不留神，轉瞬之間就會結束，最後徒留光輝的殘像。

「──我想去海邊。」

小聲低語後，身旁的兩人同時低頭看我。

「去常去的地方沒關係嗎？」

「嗯，我想去常去的海邊。」
「好！那明天得早起了——拓已，你可別睡過頭喔。」
「你才是。」
拓已用手肘戳向俊輔的側腹。
「好，最後一個！」
哥哥為最後的升空煙火點火，然後急忙避開。等了一會兒後，粗大的圓筒射出了數道白色閃光，接二連三升上夜空。彷彿被黑暗吸了進去的閃光變作紅色，垂下柳枝般的光條，震撼的景象讓我不由得驚叫出聲。緊接著橘色閃光高高竄起，旋轉幾圈後猛然綻開。
眼前留下了模糊不清的閃光殘跡，周遭又沒入一片黑暗。突然間失去了所有聲音，耳朵感受到無聲的靜寂。
「……結束了嗎？」
拓已有些落寞地低喃。
「雖然很漂亮，但一下子就結束了。」
「嗯……」
我感到依依不捨，注視吐著細小火舌的餘燼，俊輔往我的背部輕拍。
「笨蛋，就是因為瞬間就結束，煙火才漂亮啊，很適合短暫的夏天。」
我仰起頭，俊輔露出自豪的白牙笑道：
「明年再來這裡辦煙火大會吧。」

三人相遇以來，今年是第幾個夏天了呢？

橫須賀的夏天，每年一定會在我心裡留下一些印記。

曬痕、沙灘上撿到的貝殼、以「明年也要」為開頭的許多約定。

高中一年級的夏天。

連同夢境般的幸福回憶，留下了些許不安、些許心動，以及某種預感。

向我露出了和往常一模一樣、若無其事的側臉。

——我們最後的夏天逐漸遠去。

第五章

1

從二樓的穿堂往下俯瞰，音樂廳的一樓入口大廳人山人海。剛才還占滿座位的觀眾們一窩蜂移動到會場外，在不算大的空間裡擠得摩肩擦踵。

「嗚哇，好多人……不知道能不能找到我媽。」

日南子倚著欄杆往前傾，目不轉睛地注視洶湧人潮。

「亞優呢？妳媽他們有來看比賽吧？」

「嗯，但我想我們社團表演結束後，他們馬上就回去了。我爸媽說難得來橫濱，已經預約好了餐廳吃晚餐。」

「約會嗎？」

「是約會呢。」

「感情真好。」

「好過頭了啦。」

我也笑著低頭看向入口大廳，日南子「啊」地指著下面。

「有了。」

「找到了嗎？太好了。」
「不是啦，是他們。」
我順著日南子的食指指尖往下望去——發現俊輔和拓己正擁擠地貼在牆邊，四下張望。
「哦，有了有了。亞優！」
我鑽進人群中走向他們，俊輔注意到我後抬起手來。好不容易走到兩人旁邊，我倚著牆壁大口喘氣。
「太好了，還以為找不到你們——哥哥呢？」
「跟阿姨他們一起回去了，他說要回橫須賀和女朋友吃晚餐。」
「這樣啊。你們沒有一起回去，留下來等我嗎？」
「對啊，心想至少要跟妳打個照面。觀眾比想像中還多呢，嚇到我了。」
每年二月在橫濱舉辦的定期演奏會，包括社會人士在內，有許多管弦樂團都會上台表演。儘管不是比賽，只是業餘愛好者的演奏會，但因為報名時還需要事前審查，整體水準很高。除了表演者的家人和朋友以外，也有很多一般入場民眾。
「你們坐在哪裡看？」
「我看看，在最右邊。在我們看來是右邊，所以從妳那邊看來是左邊吧。」
「是喔。我在舞台上大略地找過你們，都沒有找到。」
「哇，妳還有餘力找人。」
「意外地可以清楚看見觀眾的臉喔。雖然日南子會緊張，說她絕對不看觀眾席。」

我邊說邊回過頭，看見日南子正在稍遠的地方和應該是她母親的女性說話，臉上露出了害羞的笑容。

「對了，妳真厲害耶，看起來超有模有樣。」

「咦，真的嗎？」

「真的，阿姨還哭了。因為妳一有時間就在房裡練習指法啊，大概是因為就近看著妳努力練習，所以感觸更深吧。我還起了雞皮疙瘩，亂感動的。」

「謝謝你。」

俊輔率直的讚美讓我很高興，忍不住笑逐顏開。

入學的同時我開始練習單簧管，到現在已經快要一年。和我同時起跑的日南子發揮了與生俱來的資質，早已擁有與學長姊們不相上下的實力，但我現在還是得卯足全力才能跟上大家的腳步。但練習越久，對單簧管的喜愛也越深，這是我在學鋼琴時沒有感受過的熱忱。現在我也開始能夠感受到自己的進步，因此像這樣一直守護著我、也知道我私底下有多麼努力的俊輔與媽媽，是我非常珍貴的心靈支柱。

「你們從頭開始看的嗎？」

「我們勉強趕上了妳出場的時候。練習結束後我們馬上跳上電車，但後來有點迷路。」

「這樣啊……練習已經很累了，謝謝你們還特地趕來，還有拓己……」

我呼喚站在俊輔身後的拓己，不經意地往他後方望去，立即住了口。

「——妳好。」

對方小心翼翼地抬眼看我後，低下頭致意，我也反射性地點頭。

「妳好……」

應聲後，井上芹香鬆了口氣似的微笑。

「不好意思，我硬是跟過來。因為我以前就想來聽聽看管樂社的演奏會……」

她纖細的白皙雙手在胸前交握。

「真的太棒了。可以感覺到所有社員的認真，我差點要哭了呢。」

她的笑容讓我看得入迷，慢了幾拍才回應：

「呃……謝謝，很高興妳這麼說。」

——這個女生真的很可愛呢……

以前我就這麼覺得了，但現在這樣近距離對望後，她所散發出的透明感與夢幻魅力更是明顯。頭髮明明染成了很淺的顏色，卻不可思議地無損於她典雅的氣質。掛在手臂上的高級大衣不是學校指定的服裝，是只有皮膚白皙的她穿起來才好看的淡粉色毛呢大衣。

「喂喂，妳們兩個人在緊張什麼啊？」

俊輔打趣地輪流看著我們兩人。

「亞優，雖然我也不太清楚，但井上說她想跟妳成為好朋友。井上，其實妳是為了這個目的才跟過來的吧？」

「討厭啦，和久井同學……你把我說得好像怪人一樣。」

井上芹香難為情地羞紅臉。

「那個，不好意思，不是這樣子啦……」

看到她忸怩羞澀的模樣，連身為女孩子的我也想保護她。

「呃，成瀨同學。」

「是……」

「如果妳不嫌棄，接下來要不要大家一起去吃飯呢？我親戚在關內開了一間義大利餐廳，義大利麵煮得非常好吃。只要打電話過去，我想不用等就能進去，而且也能給我們一點折扣……」

大概是為了鼓起勇氣增加氣勢，她一鼓作氣說完。

「——對不起。」

望著她往上瞧、充滿期待的眼神，拒絕她讓我很過意不去。

「接下來我得跟大家一起回學校整理樂器才行。難得妳約我，真是抱歉。」

「不會啦，說得也是呢……倒是我這麼臨時約妳，真的很抱歉。」

「不，我才不好意思。」

兩人不斷對彼此鞠躬致歉後，站在中間的俊輔噗哧失笑。

「妳們在幹嘛啊？這又不是相親，害我都不好意思了。」

「因為……」

「嗯，這也沒辦法，那就下次再一起吃吧。今天就乖乖回家吧。」

「……嗯，是呀。」

看見點頭的她臉上浮現失望，我不由得脫口說：

「你們可以三個人去呀。」

「咦？」

多半沒想過這個選項，俊輔猛眨眼睛。

「可是，妳不在就沒意義了吧？井上是想跟妳……」

「但是，難得都來橫濱了，就這麼回去不是很可惜嗎？」

「話是沒錯啦……」俊輔低頭看向井上芹香。「井上想去嗎？」

「……」

她垂下長長的睫毛，緩緩回頭。

「拓已同學……你覺得呢？」

我的心臟發出了低沉的撲通聲。

「嗯？……啊，我都可以。」拓已用平常的語氣回答。「如果俊輔想去的話，你喜歡義大利麵吧？」

「喜歡啊……糟糕，一想像口水就噴出來了。」

「你是小狗嗎？不要因為義大利麵就捨棄人類的身分啦。」

站在兩人的拌嘴之間，井上芹香開心地咯咯笑著。

我忽然覺得難以呼吸，發現自己不自覺間屏住了氣息。

「呃……我該回去了。」我僵硬地看向二樓穿堂的方向。「我必須比學長姊們早回到準備室才行。抱歉，我先走了。」

「噢，抱歉耽擱到妳了。」

「不會，今天謝謝你們過來，那掰掰。」

我只對俊輔勉強擠出笑容，便轉身走向樓梯。大廳的人已經少了許多，不知何時日南子也不見了。

——我的個性真差……

自己內心的不快讓我很愧疚，不由得加快腳步。

——沒有向那個女生和拓己好好道再見……怎麼看我給人的印象都很差吧……

我絕不是心情不好，只是害怕知道拓己是帶著什麼表情與她四目相接，所以不敢看向他們。

我在走上二樓時回過頭，看見了三人一同走向自動門的背影。莫名有種被他們拋在原地的感覺，我呆杵在原地。

「亞優。」

沉穩的呼喚聲令我回頭，日南子正倚牆站著。

「啊……抱歉，妳一直在等我嗎？」

「我剛才先回去了一趟，但看北村社長的表情似乎快要火山爆發了，所以正要過來叫妳。走吧。」

兩人並肩走向準備室，然後看見一年級社員們從走廊前方的廁所裡魚貫走出。發現我們不是最後到的，我卸下心頭大石。

「——那個經理，是跟和久井他們一起來的嗎？」

「嗯，好像是。」

日南子「哼——」地勾起嘴角。

「真不好應付。」

「咦？」

「她叫做井上芹香吧？我覺得她很難應付，雖然沒有講過話。」

「……」我有些無措，說：「可是……講過話之後，是個好女孩喔。」

「妳指哪一部分？」

「嗯……她說想跟我成為好朋友，今天也是為此過來看演奏會。」

「……喔。」日南子眉頭深鎖。「妳要小心別太認真跟她來往，搞得自己心力交瘁。」

「心力交瘁……？」

「那種類型的女生，都會天真無邪地傷害別人。而且因為真的沒有惡意，反倒是說她們壞話的人會變成壞人，這種人最惡劣了。」

「……」

雖然日南子向來說話就不饒人，但這般猛烈批評還真少見。注意到我不知道該怎麼回答，日南子揚起尷尬的苦笑。

「抱歉——因為我國中的時候，曾被那種類型的女生耍得團團轉。講白了，就是男朋友被搶走。」

「……」

「雖然這只是我單方面的精神陰影——可是，她真的很像那個女生，連沒有惡意這點也像透了。」

也許是想起了當時的事，日南子以厭惡的口吻說：

「我勸妳最好提防著她。她說想跟亞優成為好朋友，或許本人真的打算發自內心這樣說吧，但其實才不是。」

「咦？」

我忍不住停下來，日南子也跟著止步，筆直地瞅著我瞧。

「二宮、和久井和亞優，那個女生是羨慕你們三個人的關係。她才不是想跟亞優當好朋友——而是想成為亞優吧。」

2

塑膠袋的喀沙摩擦聲由遠而近傳來，聽來很沉的皮鞋腳步聲登上坡道，本該直接經過我眼前，卻在走遠了幾步後忽然停下。

「——妳怎麼坐在這裡？沒事吧？」

那人語帶納悶地丟來問句，我慢吞吞地抬起趴在單簧管盒上的臉龐，站在那裡的是俊輔的鄰居酒井先生。他單手提著超商塑膠袋，站在公寓的小路入口。

他穿著黑色皮靴和毛領軍裝外套，領口可見應該是家居服的棉質上衣，看來至少不是剛約完會回來。

雖然我很希望他別管我——但站在客觀的立場，一個女高中生這麼晚了還穿著制服，又冷得渾身發抖地坐在自家門前，出聲關心也是人之常情。

「晚安……」

「晚安，妳在家門前做什麼……難道是叛逆期？」

「不是的。」我苦笑著指向背後黑漆漆的住家。「我進不去，因為忘了帶玄關鑰匙。」

「家裡的人呢？」

「今天大家都在外面待到很晚，但我想應該快回來了……」

姑且不說跟女友出去玩的哥哥，在橫濱約會的父母應該會趕在末班電車前回來。

「妳打過手機了嗎？」

「我沒有手機。」

「那妳根本不知道自己得等多久吧？既然如此，找間店待著等他們回來就好了啊，外頭很冷耶。」

「是啊……雖然我也這麼想……」

我已經因為演奏會筋疲力竭，實在沒有力氣再走回車站，只好坐在這裡束手無策。

酒井先生用指尖夾住叼著的香菸，轉頭背對我吐出煙霧。白色的吐息與煙霧互相融合，形成偌大的白塊飄上天空。

「真傷腦筋。」

「咦？」

「遇到這種狀況，我總不能回句『那我先走了』，就乾脆地拍拍屁股走人吧。」

「咦？啊。」我忙不迭在臉龐前方猛搖手。「我一個人也沒關係的，請您放心離開，不用顧慮我。」

「那樣不好吧？就這樣放任妳不管，會違反青少年某某保護條例的。」

「不，呃，這裡是我家門口，家人也很快就會回來，您真的不必擔心。」

我逕自手忙腳亂，酒井先生忍俊不禁地笑了。

「妳不用那麼提防我，我並不會問『那妳要不要來我家裡等』。先不說素昧平生的女生，怎麼可能帶鄰居的女兒回家。」

「啊……抱歉，我不是這個意思……」

「不，我覺得妳這樣很好，女孩子得有這樣的警覺心才行。因為真正的壞人都會像我這樣笑容滿面地靠近妳，額頭上也不會一目了然地寫著『惡』字。」

「……」

「我都說了不會寫上去，別看我的額頭啦。」

酒井先生用手掌遮住額頭的苦瓜臉太過有趣，我哈哈大笑起來。

——這個人真有趣。

雖然至今幾乎沒有與他接觸過，但和本人說過話後，好像可以明白俊輔為什麼親近他。

「要是俊輔回來就好了，我就能放心跟他交棒。不曉得他跑去哪裡玩得忘了回家。」

酒井先生從軍裝外套的口袋裡掏出攜式菸灰缸，將變得極短的香菸塞進裡頭。

「我想他今天會很晚回來，因為說過要在橫濱吃晚餐……」

「是喔，原來如此。我本來想向他借自行車，但沒有看到他的車子，才想到他今天特別晚回來。」

酒井先生看向手錶確認時間，往我瞄來。

「該不會那傢伙是跟其他女生在一起？」

「咦……！」

「呃……因為感覺妳說話的語氣特別哀淒，尤其是『在橫濱吃晚餐』這部分。」

「……」

「啊，抱歉抱歉，我說了妳不想聽的話吧？剛才當我沒說，忘了吧。」

酒井先生伸手進外套的內側口袋，拿出一包香菸，再找了其他幾個口袋，掏出橘色百圓打火機。亮起的細小火焰，讓我聯想到了線香煙火。

「不過，真是太好了，俊輔並不是變壞離家出走，因為他昨天看起來非常消沉。」

「……？」

發現我一臉茫然，酒井先生神色沉重地仰望天空。

「啊……死定了。我想轉移話題，結果居然自掘墳墓。」

「非常消沉……俊輔發生了什麼事嗎？」

「嗯……」

多半是放棄掙扎，酒井先生慢條斯理地抽了口菸，再吐出煙霧。

「不過——關於這件事，大概是妳比較清楚吧。妳知道那傢伙的母親吧？」

「……」

我不語地點頭後，酒井先生輕嘆口氣。

「他說昨天晚上他媽打了電話來，說想見他——見面後想為以前的事道歉。」

年幼的那年夏日光景，彷彿在眼前重新展現。

『——我又跑回來了。嘿嘿，真遜。』

闊別一段時日又回到橫須賀的那天，俊輔在車站月台上笑著這麼說了。擔心著身後父親的心情，擔心著我們——而壓抑住瘦小身軀根本負荷不了的悲傷。

「那麼，俊輔他……」

「嗯，剛好是俊輔本人接到了那通電話。好像反射性就拒絕了，他還說事到如今沒什麼話好說了。」

「……」

「所以……昨天他非常厭惡自己，整個人渾渾噩噩。躺在我的房裡不停打滾，唸唸有詞直到半夜才回家。」

「厭惡自己？」

「他好像感情用事，對母親說了很過分的話。他說：『我媽應該是鼓足了勇氣才打電話來，我那樣子說太過分了。』然後抱著頭不停哀嚎……那傢伙真的很溫柔。」

酒井先生垂下眼皮，露出疼愛的微笑。

「我很希望俊輔得到幸福——那樣的傢伙如果無法幸福，這個世界就太可惡了。」

酒井先生拿到嘴邊的香菸前端，僅一瞬間如螢火蟲般變亮，然後他面向旁邊吐出煙霧，「啊」地望著坡道下方。

「說人人到，話題人物回來了。那麼——剛才那些話要保密喔。」

＊

「妳看起來很精明，但有時候很脫線耶，常常老是忘記帶重要的東西。像是登山遠足的時候，妳偏偏把水壺放在玄關忘了帶來，而且還不跟任何人說，獨自忍耐。結果差點中暑，把大家都嚇死了。這次也是，待在那麼冷的地方等，要是感冒了怎麼辦啊？妳的體質很容易發燒，稍微替自己著想一下吧。」

「……」

這番說教我至今已經被迫聽了不下百次，耳朵都要長繭了，但俊輔說的統統沒錯，我一句話也無法反駁。我老實地聽著他的訓斥，沮喪地望著眼前俊輔的後背，他喀擦打開眼前的門，玄關的黑暗探出頭來，他人住家的氣味飄散而出。

「嗚哇，好冷！屋子裡的氣溫反而更低嘛，糟糕。」

先走進去的俊輔迅速脫下皮鞋，回過頭來。

「請進。我現在馬上去開暖氣。可能還很冷，妳忍耐一下。」

「好。不好意思打擾了……」

因為被罵得臭頭，我用敬語說完，脫下樂福鞋。

＊

廚房傳來了往水壺倒水的聲音，我跪坐在俊輔拿出的坐墊上，環顧了他的房間一圈。足球雜誌跟流行雜誌在床邊堆成小山，雖然凌亂，但看起來還算乾淨整齊。

「你收拾得很乾淨嘛。」

我用略大的音量朝著廚房說，於是傳來了很有俊輔風格的回答：「對吧——？因為拓己每次來，都會一直嘮叨叫我整理。」我瞧見放在書架前方的芳香劑，只見上頭寫著「玄關用」，這種粗線條真是可愛。

「妳幹嘛笑嘻嘻的？」

俊輔不知何時回來，一走進房間，就把藏青色的雙排釦外套丟在床上。

「別翻床鋪四周喔，會跑出一大堆十八禁的東西。」

俊輔將足球背包掛在衣帽架上，脫下制服外套。見狀，我想起了他今天練習完後，就一路直奔音樂廳。

「俊輔，謝謝你。」

「沒什麼啦。雖然這裡很寒酸，但總比待在外面等好吧。」

「啊……」

我不是指這件事，是指演奏會——我轉過頭才要這麼說，發現俊輔正不疾不徐地開始解腰帶，慌忙將跪坐的雙腳往右轉半圈背對他。

「想看嗎？」

「真是……要換衣服說一聲嘛。」

「我要換衣服了。」

「太慢了。」

「事到如今有什麼關係，妳在海邊也看過我穿泳褲了。」

「這是兩回事吧。」

「我也看到了亞優的胸部完全暴露泳衣。」

「等……我才沒有全部暴露，不要說得那麼奇怪啦。」

「炫耀胸部泳衣。」

「才不是呢。」

「遮乳頭泳衣。」

「……」

我抓起床上的枕頭，不作聲地往後丟去，似乎精準命中，俊輔慘叫一聲：「好痛！」

＊

「來，雖然是即溶咖啡泡的。」

我接過俊輔遞來的咖啡歐蕾，太過懸殊的溫度差異讓冰冷的指尖有些刺痛。

「很燙，妳小心點。」

才對別人這麼說完，俊輔自己就性急地把杯子湊到嘴邊，喊著「好燙」皺起臉。

「欸，這個馬克杯是很久以前，我們一起在百元商店裡挑的吧？為了我來這裡玩的時候可以用。」

象牙色的馬克杯上有著小花圖案，造型有些圓滾滾，看起來很眼熟。

「沒錯沒錯。枉費都買了，結果很少用。妳上次來這裡是多久以前了？」

「多久以前呢……國二那時候嗎？」

「不對……在升學考試不久前妳來過一次。喏，妳還跟章哥大吵了一架。」

「啊……有了有了！因為哥哥在隔壁房間跟女朋友打情罵俏，我就哭著說『太吵了，根本沒辦法唸書』，帶著所有參考書和文具跑來這裡。」

「對對對，妳還一把鼻涕一把眼淚的，當時害我笑得半死。」

「結果因為俊輔笑得太誇張了，我突然覺得怎樣都好，馬上停止哭泣，就在這裡默默地開始唸書了，好懷念喔。」

如今想來，我之所以會大發脾氣，除了因為要準備升學考試，壓力非常大之外，最主要也是因為哥哥第一次交了女朋友而大吃飛醋吧。當時俊輔為我泡的咖啡歐蕾溫暖又甜蜜，同時也有些苦澀。

「真好，不知道有兄弟姊妹是什麼感覺。我也好想要有弟弟喔。」

「……」

俊輔漫不經心的一句話，讓我忍不住聯想到他母親，說不出話來。大概是察覺到了，俊輔露出有些僵硬的笑容，開玩笑地說：

「不過如果真的有弟弟，大概也會覺得他很煩，每天老是打架吧。因為如果是我弟弟，肯定是個笨蛋。」

接著又說：

「……啊，已經這麼晚了。」

俊輔強行改變話題，舉目看向頭上的時鐘。

「俊輔的爸爸真晚回來呢。」

「嗯，他最近好像很忙，也常常搭末班車回來。」

「這樣子啊。」

「本來還以為他是不是有了女人，但似乎不是這種好事……」

「……」

氣氛再度變得古怪，俊輔嘆了口氣。

「怎麼覺得妳在顧慮我。」

「沒有這回事。」

「話說回來，剛才酒井先生告訴了妳昨天電話那件事吧？」

「……」

「果然……酒井先生的嘴巴真不牢靠。而且亞優，妳太不擅長隱瞞了。」

「……對不起。」

「別道歉啦，妳又沒做錯任何事。」

「……」

看到我沒出息的表情，俊輔輕聲笑了。

「亞優，妳面對我的時候，別太有所顧忌啦。雖然我很感激，但被妳擔心，我反而會很過意不去。」

「……對不起。」

「妳又道歉了。」

「……」

「受不了，妳跟拓己人都太好了。兩個人都這樣，所以我才……」

俊輔說著支吾起來，嘀咕道：「哎，算了。」然後喝起手上的咖啡歐蕾。

——他想說什麼呢……

我望著馬克杯內側，思索著他連同咖啡歐蕾一起吞下去的後續句子是什麼。這時俊輔「啊」地張開嘴巴，看著我問：

「對了，妳吃過晚餐了嗎？」

「啊，嗯，吃了喔。回家路上，跟日南子一起去學校旁邊吃了漢堡。」

「漢堡嗎？感覺真不好意思，只有我們吃了好料，明明今天賣力表演的人是妳。」

「不會啦，別在意這種事。」我對他奇妙的顧慮笑了出來。「怎麼樣？那間義大利餐廳好吃嗎？」

「超級好吃，尤其是義大利麵。」

「哇。」

「真想讓妳也吃吃看，下次帶章哥一起去吧。雖然有點遠，但真的有特地跑去那裡吃的價值喔。」

「那麼好吃嗎？」

我也喜歡義大利料理，所以聽到俊輔大力推薦，突然間湧起興趣。

「真想去吃吃看，有哪些菜色？」

「有某某雞肉料理、某某濃湯。我們三個人點了不同的義大利麵一起分著吃，全部都超級美味。」

「哪種義大利麵？」

「嗯……有紅色、白色，跟綠色的——」

「是茄汁、奶油培根跟青醬嗎？」

「呃，不對，我記得是……」俊輔望著左上方思考。「我忘了。雖然對方很細心地說明，但因為自己肚子發出的咕嚕聲，我都沒聽到。」

「真是的……」

「拓己應該記得吧……糟糕，我也開始好奇了。那個綠色的到底叫做什麼啊？」

俊輔煩躁地搔了搔頭，抬頭看時鐘。

「好，拓己也差不多回來了吧，我打電話問問他。」

「咦？」我很是困惑。「你們分開回來的嗎？」

「不，我們是一起回來，但井上的家在車站另一邊，那傢伙就送她回去。」

「……」

「拓己都主動說要送她回去了，也不需要兩個人都去送她，我就先回來了。」

「……這樣啊。」

為了不讓聲音跟著心情一起下沉，我努力提高音調。

「井上客氣地說她可以一個人回去，但一問之下，她家其實離車站很遠。而且她還說要用走的回去，太危險了嘛。不過，那兩個人在電車上也一直熱絡地聊音樂，可能也是因為還聊不夠吧。」

「……」

腦海中浮現出了兩人走在夜路上的背影，我忍不住垂下視線。單是想像拓己開心的笑臉，胸口就沉重得很苦悶。
「——他們很登對呢。」
我像按著疼痛的臼齒一般，儘可能以開玩笑的語氣說：
「今天我才發現，他們兩個人好像很來電……說不定井上同學她對拓己……」
這時喉嚨哽住，本該繼續說出的話語失去了出口。要是說出來，討厭的預感搞不好就會成真。正當我急忙想岔開話題，加以挽回的時候——
「妳也這麼覺得嗎？我最近也有這種感覺。」
「……」
聽到俊輔附和同意的同時，我低頭望下，發現自己的雙手已緊緊握成拳頭。
「其實啊，我今天也是顧慮到兩個人才先回來的，怕自己會不會妨礙到他們。我總覺得拓己好像也有點那個意思……因為都是男生，所以隱約感覺得出來。拓己對待井上的方式，感覺和對其他人有點不一樣。」
「……」
某種東西在我內心深處緩緩動了起來。絕不美麗的情感漩渦一點一點地捲走內心思緒，慢慢成長茁壯。
「他們的確很登對，其實都是看不出來的天然呆類型，很合拍吧？雖然沒有人負責吐槽有點可惜，但如果到時候有需要，就由我在後面大力吐槽吧。」
俊輔樂在其中的說話聲聽來像是陌生人，感覺非常遙遠。我沒有力氣去想怎麼回應，只有自己造成的不自然間隔越來越長。

「亞優，妳怎麼了？」

「……」

我只能夠沉默搖頭。膨脹的黑色情感如烏雲一般擴散，沉重地布滿整個胸口。一旦開口說話，很可能轉眼間就下起滂沱大雨。

「喂，亞優……喂——亞優？」

我依然低著頭，正要勉強自己擠出笑容時，水珠滴落在緊握的手背上。

「……亞優。」

像要跟隨落下的第一顆水珠，斗大的淚珠相繼從兩眼落下。我不知道該如何是好，只能眼睜睜地看著不斷滾出的淚水。

一陣沉默之後，有人窸窣動了，原本坐在遠處的俊輔來到我的身邊。

「抱歉，我並不是想惹妳哭……」

俊輔伸出厚實的大手，動作僵硬地疊在我被淚水打濕的手背上。在我眨眼的同時，無色的水滴彈在上頭。微縐的汗衫袖口往我靠近，溫柔地擦拭我的臉頰。

「別哭得這麼難過啦，害我不知道該怎麼辦……」

我感覺到他以掌心包覆住我的右肩，我的身體微微震顫。顯得有些遲疑之後，那隻強而有力的手臂將我抱進懷裡。

還來不及抵抗，我的臉龐已經貼在灰色汗衫上。速度變快、聲音變大的心跳清楚地傳上臉頰。在俊輔的氣味環繞下，總覺得很懷念，卻也哀傷得無以復加。我尋求依靠似的拉過灰色汗衫，緊緊抓住。

「……抱歉。」

俊輔痛苦地嘆氣，雙手牢牢環住我的身體，摸著我的頭，將我溫柔地抱在懷裡。

「抱歉……可是我……」

我恍惚地任由俊輔抱著，他呢喃似的聲音鑽進我耳中。

「很狡猾。明明現在安慰著妳，明明希望妳別哭了……心裡卻覺得妳哭也沒有關係——同時也希望那兩個人能就此順利交往。」

「……」

我慢慢抬頭，俊輔沉靜的雙眼就在幾乎快要碰到的距離內，那對充滿光澤的墨黑色瞳孔柔和地映照著我。

「亞優……妳聽我說。」

俊輔右手臂環抱著我的身體，左手掌心捧住我的臉頰，溫柔得像在觸碰平日很少接觸的輕薄陶器。

「我也知道這個時候說出來很卑鄙，可是——我真的對妳……」

眼前的嘴唇突然停下，他的視線慢慢轉動，往下看向我忍不住拉扯的汗衫左袖。

「等一下……」我用沙啞的聲音懇求。「等一下……俊輔，不要說……」

現在，俊輔打算說出多年來一直塵封至今的話語。我很害怕這會破壞一切，更是用力握住汗衫。

——再一下子……再一下就好，我想維持現在這樣，維持現在這樣的三個人一起。

為了能夠繼續天真無邪地去那個海邊，為了重現那個夏天，膽小的我們竭盡所能地不去正視自己的心意，假裝還是個孩子。這樣做並不簡單，但我們一直努力著走到了現在。所以再和以前一樣，再繼續佯裝不知一會兒，維持現在這樣——

「我做不到，亞優……」

「……」

再度望向我的俊輔，眼神非常哀傷。

「妳是因為拓已哭的吧？……我已經做不到了，無法假裝沒有發生。」

「——」

強忍下嗚咽衝動的同時，熱淚溢出眼角。

在俊輔眼中流著淚的，已經不是小時候的我了。

……其實我早就知道，已經到達極限了。我們各自一直視而不見的心意——已經不斷膨脹，變得太過巨大，早就無法隱藏起來。

＊

「唉，果然今年不能再來海邊了……虧我們都跑來了。」

小學三年級，那是我搬到橫須賀後首次迎接的夏天。

開始放暑假後，我們幾乎每天都到海邊的岩石區，如今也站在這裡低頭看著漂浮在水邊的無數漂浮物。

我很害怕生平頭一次看到的水母，只敢躲在兩人背後，膽顫心驚地偷看那種奇妙的生物。在海邊長大，對這個地方無所不知的兩道小小背影在我眼中顯得非常可靠。

「記得去年水母很晚才出現，盂蘭盆節過了都還能游泳呢。」

俊輔語調充滿懊惱地說著，邊用T恤袖子擦掉臉上的汗。

「沒辦法，明年再來吧。」

拓己說，但語氣也滿是遺憾。

我們在原地依依不捨地與螃蟹和海星玩耍後，百般不願地走下岩石區。

「怎麼辦咧——這下子也沒辦法，只好去游泳池了嗎？」

俊輔走在最前頭，手上不知何時拿著粗大的漂流木，拖著走在沙灘上。往國道的方向看去，我們騎來的三輛自行車就停在石階最上方，和樂融融地並排在一起。我還以為兩人會走上石階，他們卻毫不躊躇地直接經過。

——他們還不回去嗎？

我不經意地低下頭，發現拓己像在走鋼絲一樣，謹慎地踩在俊輔身後劃出的線條上前進。我覺得很好玩，也跟在後頭走。盯著腳邊走了一會兒後，埋在沙子裡發光的某樣東西吸引了我的目光。

——啊。

我停下腳步撿起來看，是有著蚌殼形狀的貝殼碎片，在陽光底下閃爍著彩虹光輝。

——好漂亮……

我好一段時間入迷地望著那道光彩，忽然抬起頭，看見兩人已經走得相當遠了。我將貝殼塞進短褲的口袋裡，邊留意著被海風吹亂的頭髮邊慌忙追上去。

＊

「奇怪了？……我覺得這邊好像有點歪耶？」

「再往右一點……對對對，這樣很好。」

在拓己的指揮下，俊輔拖著粗大的漂流木，在沙灘上畫出跟教室差不多大的四角形。總算將四個角連起來，俊輔擦去汗水，心滿意足地嘀咕了聲「好」。

「……畫好了。首先這裡是我們的家，接下來是格局。」

俊輔走向浪邊，以T字將內側三分之一的空間區隔開來。

「這裡是我的房間，這邊是拓己。」

「等一下，房間之間要用走廊隔開啦。如果聽得到聲音，會很容易吵架。」

和我並肩看著的拓己出聲建議，俊輔老實地點點頭：「對喔。」然後在兩個房間之間加上應該是走廊的線條。

「你們兩個人要一起生活嗎？」
我開口問道，俊輔在玄關一帶劃線，一邊得意非凡地回答：
「沒錯！我們升上大學以後，要在東京一起生活……對吧？」
「嗯。」
「真好，好像很好玩。」
我有些興奮，踏進兩人未來的家。
「亞優，那裡不是玄關。」
「啊，抱歉。」
我後退一步，移動到角落後再次進去打擾。
「這裡是客廳嗎？」
「對，這裡要放三人座的沙發，就可以躺著看電視了。」
「那麼電視要放這裡？」
「嗯，要放三十七吋的大螢幕。」
「廚房呢？在這邊嗎？」
我雙眼發亮地在室內來回走動，在旁觀看的拓已撿起腳邊掉落的木棒，走進裡頭。然後將多出來的空間隔出一個較小的區塊，再畫上門。
「這裡是亞優妳的房間。」
「咦！」我驚訝地看著拓已。「我也可以一起住進來嗎？」

「沒人會煮飯就糟了吧。而且三個人一起住，也可以節省房租。」

「……」

萬萬也沒想到他們願意讓我加入，我心跳加快地走向自己的房間。雖然比兩人的房間小，但看起來還有空間可以放我夢想中的床鋪。

「謝謝你……我好高興。真的好高興。」

大概是看到我比預期中還開心，拓己有些無奈地苦笑。

「喂，不行啦，那裡是吃飯的地方。」俊輔不知為何有些不悅地唱反調。「我也早就想好妳的房間在哪裡了……看，就是這裡。」

話聲一落，俊輔在自己的房間旁加上顯然原本不在計畫之中的四角形，圈起的區塊裡滿是被海浪打上岸邊的大量海帶芽，露出滿面的笑容說：

「好了，這裡就是妳的房間，很不錯吧？還有海帶芽。」

「……」

「這是有很多海帶芽的海帶芽房間。」

「……不要！我才不要有海帶芽，俊輔你好過分！」

我拚命地大聲抗議，站在中間的拓己噗哧一聲後，放聲大笑起來。

經過一番交涉，俊輔稍微縮小了客廳。保住了自己的房間以後，我拿著撿來的小樹枝擺設起床鋪與梳妝台。

「亞優——」

俊輔從自己的房間呼喚我。

「什麼事？」

我繼續著手上的工作應道，隔了幾秒之後——

「我問妳喔——妳喜歡上海邊了嗎？」

「咦？」

「看嘛，妳剛來橫須賀的時候，說過妳覺得海邊很可怕，所以我才有點好奇，妳現在會不會喜歡一點了？」

「……」

我回過頭，放眼環顧在兩人身後延展開來的風景。

去年為止我都住在看不見大海的內陸，從來不知道夏天可以這樣子過。一開始我甚至畏懼於大海的遼闊，以及緊逼而來的海浪聲，但是——

「嗯……我現在非常喜歡喔。」

讓我明白住在海邊有多麼開心的兩人，露出了有些驕傲的神情。

「明年大家再一起來吧。」

我說完，俊輔笑容滿面地應了聲「喔」。拓己像在掩飾害羞似的抬頭看向天空後，因太過耀眼而瞇起雙眼。

「看來今天也會很熱。」

原本陽光中還殘留著早晨的涼爽，不知何時已經變了臉，慢慢轉變成好像會發出滋滋燒焦聲的盛夏熱浪。

也許我一直還在心裡夢想著，當時畫在沙灘上，根本不可能實現的三人生活。

明知那不過是小孩子的扮家家酒，卻怎麼也無法捨棄掉珍貴的夏日回憶。代替拾起的貝殼，我將小小的心靈碎片留在那裡了吧。

而那個碎片，現在肯定仍留在那裡。

留在早已被海浪撫平，變作幻影的那棟屋子裡。

「——我喜歡妳。」

俊輔握住流著淚的我的手，低垂著雙眼說，彷彿這話讓他很良心不安。

「其實……我也不曉得要說什麼才好。妳對我來說太過重要……感覺事情已經不是喜歡或者交往那麼簡單。我也根本不在乎……亞優喜歡誰。雖然也覺得我這樣子很一廂情願，可是……」

俊輔在大手上使力。

「可是……我絕對不想把妳交給任何人——就算對象是拓己也一樣。」

俊輔就像要將我留在他的身邊般，粗魯地拉過相握的手，再次緊緊地抱住我，他將嘴巴埋進我的髮絲之間，祈禱似的輕喃：

「就算無法再回到那個時候……就算會破壞一切我也無所謂……只要最後有妳留下來，那就夠了。」

三人的背影，年幼的笑聲，朝著已經無法倒轉的光陰另一頭遠去。

留在海濱上我們小小的足跡，連同三人所畫的那幅夢想平面圖，都被海浪毫不留情地吞沒，消失得無影無蹤。

第六章

1

「我交男朋友了。」

正收拾著空空如也便當盒的我「咦」地叫了聲，停下動作。

日南子一臉認真，在合併一起的桌上托著臉頰，舉起手背於眼前張開五指，無名指上的微寬銀戒閃耀著羞澀的光芒。

「昨天當作紀念，他買了便宜的戒指給我。對戒真的很教人難為情，我實在不想戴來學校，但收起來又覺得戒指很可憐，畢竟戒指又沒有錯。」

一貫的牢騷抱怨聽來也莫名可愛。

「恭喜妳。」

我故意笑嘻嘻地說，日南子為了掩飾害羞，用力拍了一下我的上臂。

「對方該不會是……」

「答對了。」

日南子在我說出名字之前就搶先回答，瞥向那號人物所在的方向。山本貴也八成也同樣在這時候坦誠自己交了女朋友，教室的門口附近，他被朋友們扣住手臂，正發出哀嚎掙扎扭動。

「果然……我就在想你們早晚會交往。」

「不好意思啊，毫無驚喜可言。順便跟妳報告，告白的人是他，但先喜歡上他的，大概是我吧。」

「……」

「怎麼是妳在臉紅啊？」

想必是基於體貼，不讓傷害都集中在同一處，日南子往不同於剛才的另一邊上臂拍打。

——真好……看起來好幸福喔。

我揉著發麻刺痛的上臂，但臉上還是止不住地露出笑意。

日南子與貴也同學打從開學就感情很好，但指的並不是打情罵俏那一種。日南子是眾所公認的刀子嘴豆腐心，而唯一能夠與她的機靈腦袋瓜和伶牙俐齒抗衡的男生就是貴也同學，這樣說應該比較正確。兩人夫婦相聲般的拌嘴已經是我們班的名產之一。

「因為那傢伙二年級開始就是理組了。」日南子珍惜地摸著戒指說。「跟文組的我絕對會分開，還說總覺得不趁現在抓緊我的話就糟了……但既然要告白，真希望他早點說，不用拖到現在嘛，我們只剩下三天可以同班了耶。」

日南子說話時使性子的表情，可愛到讓人想抱緊她。

「可是，你們已經是男女朋友了，就算不同班，隨時都可以見面呀。」

「話是沒錯啦。」

日南子嘟嘴回道，冷不防地觀察起我的表情。

「亞優。」

「嗯？」

「……」日南子不動聲色地環顧四周後問：「你們最近發生什麼事了？」

「……」

「近來幾乎沒有互動吧？而且……亞優最近很常露出這種表情。怎麼說呢，就是很寂寞的感覺……」

我頓時語塞，悄悄轉動視線。俊輔趴在窗邊座位的桌子上，似乎在睡覺。往前數三個位置，就是拓己戴著白色耳機聽音樂看書的背影。

「如果妳不想說，也可以不告訴我啦，畢竟我不是基於好奇才亂問。可是……如果妳想跟我聊聊，記得要說喔？我隨時都奉陪。」

「……謝謝妳。」

我回以微笑後，日南子略微垂下眉毛，傷腦筋地歪過頭。

「不過，最一目了然的人就是和久井了，看得出來他明顯意志消沉。」

「……」

「那傢伙一沒有精神，整個班級也跟著死氣沉沉，希望他可以快點復活呢。」

日南子才剛說完，正在睡覺的俊輔就霍然抬頭。難不成他聽到了？我們吃驚地看向他後——

「哈啾！」

俊輔打了一個大大的噴嚏，再度趴回桌上發出鼾聲。多半是後腦勺感受到了一陣風，拓已不耐地整理頭髮。

「……」

我們兩人互相對視，壓著聲音笑了起來。

「唉，好寂寞喔，要是不換班就好了。」

日南子說得百感交集，惆悵地咳聲嘆氣。

「一想到大家很快就要解散，很多事都讓人依依不捨呢。連這種平凡無奇的小事，也覺得非常寶貴。」

「……嗯。」

「希望至少不會跟亞優分開。升上三年級時，好像基本上不會再換班，一定要在這時候就同班才行——」

日南子說到這裡倏地住口，望著教室門口的方向動也不動。循著她的視線，我在回過頭後也屏住呼吸。從走廊惶惶不安地張望教室內部的人，正是井上芹香。我趕在目光對上之前，逃也似的轉回臉龐。

「——怎麼了？妳要找誰？咦？……啊，二宮嗎？」

親切地向她攀談的似乎是貴也同學。

「他在喔，妳看，就在那裡。好像在聽音樂，不然妳直接走過去叫他吧。嗯，可以啊，不用客氣，進來進來。」

聽到他一反常態的裝酷嗓音，日南子小聲咕噥：「笨蛋。」輕巧的腳步聲逐漸逼近，她沒有注意到我，直接走過桌子旁邊，留下了類似甜蜜香水的香氣。

「……拓己同學。」

儘管低垂著眼，我還是能清楚感覺到拓己摘下耳機，闔上手中書本的動作。

「我跟你說，我朋友有那張之前說過的絕版ＣＤ……」

「咦？真的假的？」

「嗯。真的很巧，而且可以借，我就帶來了。」

「好厲害，我還以為絕對找不到了。」

此刻拓己興奮的話聲刺在我心口上。

「對了。」我垂下視線起身。「我去一下印刷室，老師叫我幫忙做件事。」

「是嗎？」

「嗯，我一直在想吃完便當以後要去用，但完全忘了。」

「我幫妳吧。」

「不，沒關係。」我制止打算站起來的日南子。「我一個人也可以，很快就好了。」

我勉強彎起嘴角露出笑容，快步離開教室。

＊

印刷室的龐大桌子上正如老師所言，堆著三座講義小山。老師的指示是要我各自從中拿出白己班級所需的數量，在第五節的班會時間之前搬到教室。

——太好了，眼前有非做不可的事，比較不會胡思亂想。

我從第一座小山隨意拿起一疊，開始算數量時——

「這些要怎麼處理？」

我吃驚地扭過頭，發現拓己出現在印刷室門口。可能是急忙追過來，他帶點栗色的髮絲有些凌亂。我呆站在原地，拓己便大步走進來，站到我旁邊。

「我也幫忙……這是值日生的工作吧。」他的語氣似乎有些動怒，低頭看我。「妳為什麼想一個人攬下來？我也是值日生。」

「……」

我沉默著別開視線，低下頭後，耳邊傳來微弱的嘆息。

「我做了什麼嗎？最近總覺得妳一直在無視我，俊輔的樣子也很奇怪。」

聽著他平靜但又有些焦躁的聲音，我更是什麼也說不出口。

「亞優。」

「……」我輕輕搖頭。「沒有……」

「……」

「我並沒有無視你。只是因為拓己在跟井上同學說話，我不想打擾你們，才自己一個人過來的。」

我費盡好一番力氣才擠出這些話，再次重新數起手上的講義。對於自己說話這麼惹人厭，自我厭惡轉變成了熱氣，可以感覺到臉龐發紅。

——快點讓我做完，我想立刻離開這裡。

數完第一座小山的所需數量後，我往第二疊講義前進。才數到一半，手腕突然被抓住，正數著的講義散落一地。

「妳好好看著我。」

「……」

「妳甚至不願意正眼看我嗎？」

我悶不作聲地想抽回手，拓己更在手上使力。

「討……放開我……」

「我不放。」

更是抵抗後，這次左手也被抓住。

「妳看著我——否則的話，我不知道妳是帶著什麼心情講那種話。」

兩隻手腕被抓住，被迫正面迎視後，我的目光再也無處可逃，只好固定在眼前的拓己上。他美麗的栗色雙瞳，在穿透白色窗簾的陽光下顯得透明。

「如果妳有什麼話想說，不要無視我，直接講清楚。連原因也不明不白，妳就跟我保持距離……讓人很痛苦。」

「……」

拓己的聲音很沉穩，但看見他的眼睛，我才發現他並非在生氣，而是難過。

「我二年級開始就是理組了，以後也會在不同的校舍上課，跟妳見面的機會也會減少……所以我想在那之前說清楚。」

他願意與我開誠佈公的心意讓我很高興，但鬧著彆扭的自己卻讓我覺得很丟臉，無法忍受地別開視線。

真想消除掉。

井上同學散發出的甜蜜香氣、她甜美的笑聲、對她露出笑容的拓己側臉——好想從自己心裡消除掉這一切。

然而我越想推開，這些事物就變得越是巨大，壓垮胸口。這份沉重也扭曲了我的內心，連同對拓己的心意，使之慢慢變得不潔。

喜歡一個人的心情，為什麼不能永遠保持純潔美麗呢？

我最不想讓拓己看見自己這樣的表情。

「好痛……」我聲音嘶啞地說，捉著手腕的手稍微放鬆了力道。「拓己，放開我……」

「妳不逃跑的話，我就放。」

「……我不會逃跑。」

我別著臉對他說。

「因為，我真的沒有想對你說的話。這件事是老師直接拜託我來做的，所以我才會想一個人做完。」

「……」

拓己沉默不語，似乎盯著我的側臉好半晌。

不一會兒，被抓住的兩隻手忽然重獲自由。

「——我知道了，那就不說我的事了。」

得到解脫的手腕有些泛紅。

「相對地……告訴我俊輔發生了什麼事。」拓己後退一步，單手倚著桌子。「那天之後……就是在橫濱聽了演奏會的隔天開始——那傢伙就很奇怪。現在是非常重要的時期，必須盡自己所能努力表現，他卻完全無法集中精神在練習上，以前從來沒有發生過這種狀況。」

「……」

『我喜歡妳。』

俊輔低垂的苦澀雙眼掠過腦海。

「無論我怎麼叫他振作，也一點用都沒有。我問了章哥，聽說最近俊輔都不去你們家吃晚餐了，再加上妳不知道為什麼都不肯看我的眼睛。」

「……」

「亞優，妳知道——俊輔發生了什麼事吧？」

『我絕對不想把妳交給任何人——就算對象是拓己也一樣。』

「我……」擠出的聲音很沙啞。「那一天，俊輔對我說了……」

「說了什麼？」

「……」

拓己審視我的臉龐，似乎想到了什麼，倒抽口氣。

「該不會……是跟妳告白了？」

「……」

我輕輕點了點頭，看見拓己放在桌上的手微微用力。

「那妳……怎麼回答？」

「什麼都還沒有。」

「……」

拓己陷入沉默，我注視著他奶油色的針織衫袖子。從袖口伸出的手指纖細又優美，難以想像上一秒還用盡全力抓住了我的手腕。望著他美麗的手，我就想起了那天俊輔笨拙地握住我的手時，那隻粗厚大手的觸感。

「——總之，太好了。我還以為是因為母親的關係發生了什麼事，所以很擔心。」

長長的沉默之後，拓己這麼說著離開桌邊，蹲在地板上，撿起飛散的講義。

拓己現在是什麼表情呢——從他的背影我無從判斷。

我也跪在地板上，撿拾掉在另一邊的幾張講義。發現有張講義掉在桌子底下，我伸長手正要鑽進去時，拓己說了：

「我……希望俊輔能幸福。」

我的手倏然定住。

「我不希望那傢伙再失去重要的人……再遇到那麼痛苦的事情了。」

『關於今天的祭典。』

腦海中浮躍出坡道下方，如今已經消失不見的電話亭。

『果然還是別去了吧，畢竟以前最期待的俊輔現在發生了那種事……』

熾熱的太陽照在身上，雨後，水量增加的河川裡污水捲著漩渦。

那年夏天——俊輔不在這個城市裡的那個夏日，拓己在橋上對我這麼說了：

『妳啊——最近再打電話給俊輔吧。那傢伙肯定會很開心，他應該很想聽到妳的聲音吧——』

「……嗯。」

我鑽到桌子底下，撿起最後一張。

「我知道，我也這麼覺得，我沒有辦法讓俊輔孤單一個人。」起身後，輕輕拍掉裙子沾到的灰塵。「拓己也……覺得這麼做比較好吧？」

「……」

我垂眼望著桌面，等待回應，聽到了室內鞋的橡膠摩擦聲，知道拓己就站在我身後。

「如果妳這麼覺得……應該就是吧。」

溫柔的掌心從後方輕輕放在我頭上。

「俊輔一定會比任何人都珍惜妳，所以這樣做大概是最好的吧。因為對我來說……妳跟俊輔都一樣重要。」

拓己順勢往下輕柔地撫摸我的頭髮，速度緩慢，好像捨不得分離，舒服的感覺讓我不由得閉上眼睛。

「——抱歉，我先回去了。」

僅留下依稀的觸感，拓己果斷抽回手。

「因為我剛才講話講到一半就衝出教室，得去向井上道歉……來，拿去。」

我隔著肩膀接下遞來的成疊講義，背後感受到的拓己氣息忽然遠去。室內鞋的腳步聲朝著出口移動，然後停下。

「俊輔那傢伙有時候會為了看妳鬧彆扭，就不懂適可而止地欺負妳……如果他把妳惹哭了，再跟我說吧。我會替妳罵他。」

「……」

拓己也許在等著我回答吧。

間隔了片刻，腳步聲緩緩踏到走廊上，很快就聽不見了。

等我終於轉身時，拓己果然已經不在了……如同那年盛夏，我獨自一人被留在橋上。

＊

注意到敲門聲，面向桌子緊盯著單簧管指法表的我回頭看房門。

「請進。」

我等了一會兒，但豎起耳朵，也只聽見隔壁哥哥房間隱約傳出的電視聲。

——是我的錯覺嗎……

我歪過頭，準備再度開始練習指法時——

——叩叩。

這次清楚聽到了那幾乎細不可察的微弱敲門聲。

「請進。」

我以略大的音量應道，但疑似站在走廊上的那人還是悶不吭氣。

「……」

我迫不得已起身，放下單簧管走向房門。

「——嗨！」

一打開門，不出所料是俊輔站在門外。

「你怎麼了？」

「啊，呃。」俊輔慌慌張張地用力搖手。「抱歉。不是啦，我並不是有事找妳，是我來找章哥玩，結果他一直瘋狂打瞌睡。我死了心正打算回家時，發現旁邊有一扇看起來超級高級的門，就心想至少要確認一下材質再回去，所以才試著敲敲看。」

俊輔速度很快地滔滔不絕，露出不自然的笑容僵硬不動。

「所以……」

「嗯？」

「材質是什麼？」

「……大概是木頭。」

「……」

「對不起，我回去了。」

「等一下。」

我連忙叫住無精打采地走向樓梯的俊輔。

「我問你怎麼了，是問你平常根本不敲門就自己進來，這次怎麼突然顧慮起來？」

「……」

「不用客氣，進來吧。」

「不用了，我還是回去吧。」俊輔縮起高大的身軀。「妳在練習單簧管吧？打擾到妳就不好了。」

「沒關係啦，我現在正好要休息。」

俊輔垂頭喪氣的樣子很滑稽，我笑著騰出房門前的空間。

「請，進來等我吧，我現在去樓下泡茶。」

正要走向樓梯，手臂被人從後面抓住。

「在這裡就好了，也不用泡茶。」

「……」

發覺他認真的表情，我無措地重新面向他。

「其實我是有話想告訴妳才過來。」

「……什麼？」

我端詳起他低下的臉龐，俊輔不知怎地用有些怨恨的眼神看著我。

「妳對拓己說了吧？」

「……」

「他把我罵了一頓，說要是無法集中精神在社團活動上，乾脆不要告白。那傢伙說教時，語氣平淡卻又字字正中紅心，就像被人往腹部重擊了一拳，慢慢才開始感到疼痛——我真的消沉到不行。」

「抱歉……」

我老實地道歉後，俊輔鬧脾氣地噘起嘴。

「其實沒關係啦。我也覺得必須向拓己報告，只是一直遲遲說不出口，而且……」

俊輔用食指抓了抓愛哭痣一帶，緩慢抬起視線。

「拓己跟我說，他會支持我，要我加油。聽到他這麼說，仔細想想我才發現，我根本沒資格要人支持。之前只是不乾不脆地說出自己的心情，卻沒有對亞優說過半句該說的話。」

「亞優……妳聽我說。」抓住手臂的大手，小心翼翼地包覆住我的左肩。「這次為了下一場重要比賽，將會大幅重新評估正式選手的名單。雖然感覺自己現在好不容易才變成二軍的主力，但我這次一定要成為正式球員。為此，我會使出渾身解數去努力，所以……」

放在肩上的大手加重了力道。

「如果我能成為正式球員……能夠與拓己並駕齊驅的話，這次我會正式地向妳告白。然後，我也希望──到時候妳能夠給我明確的答案。」

「……」

俊輔的聲音有些尖銳，是因為緊張吧。不曉得他來這裡之前，來回折返過了幾次？又在房門前遲疑了多久？一想到這些，胸口就因為憐愛而揪緊。

「……我知道了。」

我接下他筆直的目光，露出微笑。

「加油喔，俊輔。」

「……」

俊輔的雙眼吃驚地瞪大，慢慢地彎成了開心的弧度。

「我會加油，我會卯足全力加油的！」

「嗯。」

「糟糕，怎麼覺得……我會加油。嗯，總之就是，嗯，我會加油！」

才剛興奮地說完，俊輔忽然慢動作地轉頭往後看，觀察了哥哥的房間一會兒後，手倚著牆往我彎下身。還來不及驚訝，俊輔的嘴唇就碰上我的額頭。

「……」

我的臉龐在一秒過後開始發燙。

「……好！」

俊輔像個淘氣孩子一樣擺出勝利姿勢，不由分說地將我一把抱住，用臉頰磨蹭我的太陽穴，在耳邊輕聲說：

「靠剛才那個，我可以比平常努力一百倍……現在的我大概是天下無敵。」

然後，用盡全身力量抱緊了我。

『——拓己跟我說，他會支持我，要我加油——』

「……」

在俊輔懷中，拓己撫摸我頭髮的觸感忽然甦醒，我強行將那份感覺驅逐到意識之外，悄悄閉上眼睛。

2

打開視聽教室的大門，數名學生與看似是父親或兄長的大人們注意到我，紛紛回過頭來。我惶恐地彎著腰走進教室，靜靜掩上門。看向前方的白板，上頭以黑字寫著：「ＰＴＡ清掃志工活動討論會」，看來果然這裡是會場沒錯。

『幾年前開始學生們就很積極參與這項活動——』

拿著麥克風站在講台上說話的，是名穿著薰衣草色合身套裝的中年女性。整齊地綁成一束的長髮與無框眼鏡十分相稱，但無可挑剔的模樣給人有些冷漠的感覺。可能已經習慣這種場合，她幾乎不看手上像是原稿的紙張，口若懸河地滔滔講解。

——我好像在哪裡見過她……

感到好奇的同時，已經遲到的我壓低身子，儘可能不引起他人注意，開始尋找空位。

「亞優。」

聽到小聲呼喚，我回過頭，發現坐在鐵摺疊椅上的無數排學生之間，宗方學長探出頭來。他向我招手，指了指自己隔壁。顧不得客氣，我彎著腰往他移動。

「亞優是志工委員嗎？」

一往旁邊坐下，宗方學長就悄聲問我。

「不，是擔任委員的同學請假。」

「這樣啊，所以是班導請妳代為出席嗎？」

「是的……」

思及剛成為新班導的向居老師，我在心裡嘆了口氣。雖然性格溫和又善良，但老師還很年輕，又有些不可靠，多半是看出了我不善於拒絕別人，經常拜託我做事情。也正如他所願，我果真無法拒絕，所以此刻人出現在了這裡。

「其實我也是臨時被拜託出席，因為每次願意主動參加的學生都很少。」

「這樣子呀。」

「像這種無聊又不知所云的內容誰都不想聽，當然很少人來啊。」

的確……我也是在指示下不得不來，甚至不太清楚這個討論會要做什麼。

「你說那種話，要是被聽見就太失禮了喔。」

我留意著那名穿著套裝、熱情演說的女性說。

「放心吧，我老是對本人這麼說。」

「咦？」

「那是我媽。」

「……！」

我睜大雙眼，學長調皮地微笑。

「妳不知道嗎？她很常不請自來地跑去鎮上的祭典幫忙。原本管理足球社的家長會就已經夠忙了，這年度開始還接下了家長教師會的幹事，根本不用那麼忙碌，往好幾個地方到處跑嘛。不過，她生性就喜歡做這些事吧。」

重新端詳，女性眼鏡底下的大眼睛確實有宗方學長的影子。會覺得似曾相識，可能是因為住在附近，曾在毫無所覺的情況下碰過面吧。

「現在會被迫蹺掉社團出席討論會，也是因為她叫我一定要過來。不過，只要端出『家長會長宗方太太』這個名字，總教練也無話可說，所以可以正大光明地遲到，實在太幸運了——拓己，對吧？」

——咦……

我吃驚地往前探身，看見了坐在宗方學長另一邊的拓己。大概是故意躲在學長身後，見到我的反應，他滿足地得意微笑。

「好久不見。」

「嗯……」

我不禁端正坐姿，不著痕跡地梳理頭髮。

升上二年級以後正好過了一個月，我奇蹟般地與俊輔及日南子同班，照樣每天都見得到面，但拓己進入理組後，見面機會卻少得超乎預期，「好久不見」這聲招呼絕不誇張。

「拓己是志工委員嗎？」

我小聲發問，坐在中間的宗方學長代替他回答：

「不是，但這傢伙有非出席不可的理由。」

「……？」

宗方學長忽然將臉往我靠近，更是壓低音量。

「我們家都騎自行車，所以一家人都是二宮自行車行的老主顧，光是公路車，就不曉得花了多少錢。所以，拓己絕對不能違逆宗方家，也就是所謂的人質。」

「……」

我雙眼圓瞪地僵硬定住，兩人同時噗哧失笑。周遭的人不約而同轉頭看向我們，連宗方學長的母親也停下演說，往我們這邊看來，不小心顯露出的斥責表情確實是母親所有。兩人低下臉龐，但還是隱忍不了地抖動肩膀。

「亞優，不要信以為真啦。」

宗方學長好不容易止住了笑意。

「那怎麼可能嘛，只是剛好在附近遇到，叫他陪我而已。因為每天都練習得那麼認真，偶爾也該光明正大地偷懶。」

「……」

說得也是呢……

對於自己這麼輕易被騙，我難為情地臉蛋紅透，看向拓己。溫柔地守護著我的那雙眼睛，在視線對上的同時迅速別開。

『——二宮同學真冷淡耶。』

他別開的視線讓我有些寂寞，低頭看向自己交握在大腿上的雙手，想起了幾天前，曾在教室裡聽到同班女生們這麼說。

＊

「——居然說『如果妳對我有男女之間的喜歡，我沒辦法再跟妳當朋友』。這種話是什麼意思嘛？簡直不敢相信。」

「好過分喔，他根本不懂女孩子主動告白，需要多大的勇氣。」

「他是不是因為長得帥，就太囂張了呀？」

「真的，太差勁了。」

午休時間，幾名女同學聚在教室中央說某人壞話的光景很有壓迫感。我將章魚香腸放進嘴裡，越過坐在對面、一臉厭煩的日南子肩膀，偷偷瞄向那邊。團體中心流著淚的人，是二年級開始同班的井上芹香。

「就算要拒絕，也可以說得委婉一點吧？一點也看不出來他有避免傷害到對方的樣子。」

「反正一定是心想自己長得帥，不用委婉也沒關係吧。」

「竟然得意忘形起來，真教人火大。」

他們狠狠數落了拓已一頓，接著所有人團結一致地安慰起井上芹香。

「其他還有個性更溫柔的男人啦。」

「對呀，芹香很可愛，很快就會交到男朋友的。」

「謝謝妳們……」

手帕按著的嘴角下小聲傳出了楚楚可憐的哭腔。

「可是……我還是喜歡拓己同學……當朋友也沒關係，我想待在他身邊……」
「芹香……」
她再次哭了起來，手中緊握著拓己不願收下的成對小熊鑰匙圈。

＊

「──欸，亞優。」
被戳了戳手臂，我猛然回神，發現宗方學長的臉龐出奇地近，不由得往後縮。
「是……是。」
「我問妳──俊輔最近是不是發生了什麼好事？」
「咦？」
學長定睛觀察我的表情變化。
「他最近練習格外卯足了勁，當然以前也很努力啦，但現在又更賣力了。所以……我才在懷疑。」
「懷疑……？」
「亞優是不是跟他做了約定，當作獎勵？比如說如果成為正式球員，亞優就會成為他的人之類的？」
「……」

我慢了一拍沒有回應，在開口否定之前，宗方學長就瞪大眼睛：

「咦？騙人？哇噢，沒想到那傢伙這麼有一手。」

「不，呃……」

剛才的對話拓己應該也聽得見。我向前傾身，往學長的另一邊看去，拓己正縮著身子躲在前面的人後頭，環抱手臂閉著眼睛。

——睡著了嗎……

「學長。」我壓低聲音。「不是的，我才沒有做那種約——」

「亞優，真傷腦筋耶。妳居然在俊輔面前吊了那麼美味的紅蘿蔔。」宗方學長笑著打斷我。

「再這樣下去，搞不好真的有危險。同樣是前鋒，我感受到了危機。」

「咦……」

「意思就是，我有可能被換下來。」

「……」

無法看出他是說笑還是認真的，我靜默不語，宗方學長思忖了片刻後說：

「在我看來，總教練可能想讓拓己擔任中場，讓俊輔擔任前鋒吧。因為他們兩人的默契，已經不只是合作無間的等級了。朝著敵隊球門進攻的時候，他們不打暗號也沒有大喊出聲，就突然傳出連隊友的我們也預測不到的球——簡直就像靠著心電感應在溝通一樣。這對隊伍來說，會成為很強大的武器。」

「……」

「這樣一來不管怎麼看，多出來的人都是我。嗯……真傷腦筋。」

宗方學長看著前方，盯著母親的身影一會兒後，長嘆口氣。

「不過，我也只能加把勁努力了，絕不輕易拱手讓人……畢竟我從以前到現在，也不是悠哉地在玩社團。」

「……」

言談之中，我似乎感受到了宗方學長一次也沒有流露過的強烈鬥志。我不由自主看向他，但他臉上是一如既往的穩重笑容。

＊

結果直到最後我都還沒聽懂內容，討論會就結束了。跟隨著學生們離開會場的緩慢人潮，我慢吞吞地步向出口，來到走廊上時，不知何時已與宗方學長及拓己走散，我繼續一個人往教室移動。

校舍裡幾乎不見學生的蹤影，外頭傳來的運動社團的吆喝聲乘著風，不疾不徐地穿過靜悄悄的走廊。

我走上樓梯，踏上樓梯間時停下腳步，走向採光窗戶，解開半月形釦鎖，喀啦喀啦地打開窗戶。稍微踮起腳尖往外看，看見了拓己教室所在的理組校舍三樓。

——比起從上面，從這裡好像看得更清楚……

然而，朝向這邊的不是教室，而是走廊旁邊的窗戶，要找到拓己簡直難如登天。

——我真笨，一直都在做這種蠢事……

我逸出嘆息，讓抬起的腳跟貼回地板。當我伸長手要把窗戶關回原位時，聽到了有人走上樓梯的腳步聲，連忙回頭。見到來人，急急按住裙襬。

「從那裡看得到什麼嗎？」

拓己把手插進口袋，因刺眼光線微瞇雙眼，仰望著這邊走上來，站到我身旁，探頭看小窗外。

「什麼都看不見嘛。」

「可以呀……像是可愛的小鳥。」

「哪裡？」

「你看，那裡……」

我踮起腳尖，隨便伸手指出去，剛好停在校舍天線上的烏鴉叫了一聲：「嘎！」

「……」

「真的耶，好可愛。」

「……」

拓己輕聲笑了，兩手仍插在口袋裡，靠著牆壁。

小號的演奏聲隱隱從敞開的窗戶流瀉進來，對於蹺掉了練習，我感到愧疚的同時又有絲興奮。

「妳還真大膽呢。」

「咦？」

拓己一本正經地說：

「妳不是和宗方學長說了嗎？妳對俊輔說：『如果你成為正式選手，就把我送給你。』太厲害了。」

「才……才沒有呢！」我忍不住大聲叫道，聲音在寬敞的空間裡迴盪。「我怎麼可能說那種話……」

接著我以細若蚊蚋的聲音辯解，偷瞄向拓己，卻在他臉上發現了壞心眼的微笑，這才驚覺他是在捉弄我，我脹紅了臉用手掌拍向拓己的手臂。

「好痛……要斷了。」

「……笨蛋。」

我賭氣地撇過頭，目光恰巧與走下樓梯的陌生男生對上。彼此都沒來由地有些尷尬，我等著他走過。男學生的腳步聲遠去之後，原地只留下靜寂。

「今天好熱。」

「嗯……」

「不曉得有幾度。」

「……不知道。」

「也對。」

「……」

「……」

「……」
「……好熱。」
我忽然間想哭，明明沒有事情要做……其實現在必須馬上趕去社團，我們兩人卻遲遲無法分開，站在這裡。
「拓己……」
「嗯？」
「……沒事。」
「……」
「……」
「什麼事？說吧。」
「……」
小號的吹奏聲在不知不覺間停止，取而代之的是單簧管的樂聲。穿著運動服的男學生快步走過了樓下的走廊。
「你為什麼拒絕了？」
「拒絕什麼？」
「就是井上同學……而且還說得很過分……」
「……」
感覺得出拓己轉過頭，低頭看向我。

「如果是妳，會和不喜歡的對象交往嗎？」

「……」

我搖搖頭，拓己便小聲地說：「對吧？」

「雖然井上說那樣也沒關係……但是，那樣子只會讓對方痛苦，因為我無法喜歡上她。既然明知道沒有辦法，為了不讓她抱有期待，講白了比較好吧？」

「……」

——對喔。

拓己就是這樣的人。不是為自己，是先考慮到對方才開口，絕不用表面的溫柔粉飾自己。

『二宮真冷淡。』

大家都不了解拓己，他其實比任何人都溫柔。只是他的重心，並不放在希望別人認為自己很溫柔罷了。

「話又說回來，」拓己有些納悶地盯著我。「妳怎麼知道這件事？」

「……」我回想著數天前召開過的「井上芹香安慰大會」，說：「因為井上同學的朋友聚在一起大說特說拓己的壞話……說你很冷淡、不懂女生的心情，還有應該可以拒絕得更委婉一點之類的……」

「……」

「還說你不要因為長得帥，就太囂張了。」

「……」

「你因為長得帥，所以很囂張嗎？」

「……」

拓己大手伸來，往我的額頭拍下。

「總覺得……很辛苦呢。」

我揉著額頭，有感而發地說。

「辛苦什麼？」

「因為兩個人都很醒目，所以容易變成大家閒聊的對象。」

「沒差，想嚼舌根的人就隨他們去說吧。」

「是嗎？」

「對啊，只要重要的人懂自己，那就夠了。」

「嗯……」

我不由得開心地投去微笑，可能是害羞，拓己裝傻地別開臉龐。

被框成了長方形的夕陽從採光窗戶照射進來，正巧灑在拓己的頭髮上，將他的栗色髮絲漂染成金色，側臉美麗得教人移不開目光。

「好漂亮。」我忍不住脫口而出，而後「啊」地摀住嘴巴。

「呃……我是指頭髮。拓己的頭髮好漂亮，明明沒有染過，卻是栗色……」

「嗯，的確很常有人說我是褐髮。」拓己的指尖摸向自己頭髮。「每天曬太陽都受損了，怎麼可能漂亮。」

「才沒有這回事……我的頭髮因為是純黑色，所以很羨慕。稍微染點顏色，看起來會比較成熟，我下次也稍微染染看吧。」

我不假思索地說，拓己略微蹙起眉朝我伸出手。指尖觸及髮梢時，我的心跳漏了一拍。

「我大概……比較喜歡黑髮吧。」

投注在頭髮上的視線，忽然望進我的雙眼。拓己張開嘴唇想說些什麼，但猶豫了片刻，又放棄地闔起。

我們沉默著互相對望，不久之後他再度張開雙唇。

「那傢伙……俊輔他……」

說出口的話語，似乎不是他剛才嚥回去的話。

「真的是火力全開在練習。」

「……」

「照這樣下去，應該可以成為正式球員——和妳約好的一樣。」

想起俊輔在晨練時耗盡體力，上課期間直打瞌睡的模樣，我不禁揚起嘴角。

「我已經提醒過他，要好好珍惜妳。要是惹妳哭了，我會馬上向章哥告狀。」

「……」我不知道該怎麼回答，只是小聲應道：「謝謝。」

「那麼——」拓己從牆上撐起身，看向手錶。「真的該走了，妳太晚過去也不好吧？」

「是啊。」

「那掰掰，社團活動加油。」

「嗯，拓己也是。」

拓己往樓梯走到一半，又停住不動。

「亞優。」

「嗯？」

「……」

就在這時，頭上的喇叭傳出了細微聲響，恬靜的管風琴音色由遠而近逐漸清晰。是每天放學時都會以廣播播放的，耳熟能詳的旋律。

——這是……〈夕燒小燒〉。

「——我可以抱妳嗎？」

背對我的拓己輕聲說。

「……最後這一次就好。」

「……」

他的嗓音一樣沉穩平和。

「……嗯……」

我垂著雙眼，望著拓己走近的室內鞋，下一秒鐘，奶油色針織衫占據了視野。

宛如抱著易碎物品，拓己動作生硬地環抱住我。首次聽到的拓己心跳快如擂鼓，但聽起來似乎也在拚命保持著冷靜。

耳邊感受到的吐息苦悶地顫抖著，拓己的味道溫暖又溫柔……閉上眼睛，心情好像待在簷廊上的向陽處打盹。

我伸手繞到他背後，緊握住針織衫，拓己更是用力將我摟進懷裡，臉頰埋進髮絲間。

當年的〈夕燒小燒〉鑽進耳裡。

當這首曲子結束，年幼的我們就必須停止玩耍，踏上歸途。拓己過橋，我登上坡道回家。不論多麼眷戀，多麼希望這段時光能夠永遠持續下去——

再過不久，我們的時間就要劃下句點。

噗滋一聲，廣播結束。隔了一會兒，兩人慢慢分開。

拓己沒有與我視線交會，不發一語地走下樓梯。

『……最後這一次就好。』

這對拓己來說，也許就是道別。

兩人的手再也不會互相碰觸了吧，因為對拓己來說，很快地我就是摯友的女朋友了。

背部感受著涼爽的風，我轉身站到窗邊。拓己前往的理組校舍在夕陽照耀下，牆壁變作了橙色。

為了切斷湧上心頭的思緒，我靜靜關起窗戶，扣上了鎖。

＊

「我說妳啊……明明是為了練習單簧管才去學校，卻忘了帶單簧管……在搞笑嗎？」

「……」

剛進入七月的週日上午，我在學校的校舍出入口前縮著身子，聽著跨坐在自行車上的俊輔訓話。

俊輔穿著練習服，從足球背包中鄭重地拿出我的單簧管盒。

「今天是幸好我湊巧經過妳家門口，下次別再忘了。」

「是……」

我接下單簧管盒後抱在懷裡，消沉地低下頭道歉：「對不起。」可能是我愁眉苦臉的樣子很滑稽，俊輔呵地笑了出來。

「那我練習也不能遲到，就先走了。」

「啊，嗯……真的很對不起喔，謝謝你。」

俊輔握住握把一百八十度轉彎，正目送他踩下踏板時，俊輔卻嘟囔一句：「對了。」又再一百八十度轉彎騎回我這邊，然後在我面前按下煞車，嘰嘰嘰的刺耳聲響徹雲霄。

「跟妳說喔。」

「嗯。」

「我確定成為一軍了。」

「……」

他講得太過輕描淡寫，我怔怔地張開嘴巴。

「一軍……？」

「就是正式選手……我會取代宗方學長現在的位置。因為還是內定，只有我知道，但應該今天練習的時候就會在社上公佈了。因為預賽也快到了，不會拖太晚。」

「……」

「怎麼？妳不替我高興嗎？」

見我全身僵直，俊輔沒好氣地說。

「呃……恭喜你。」

「謝啦。」

喜悅慢慢地湧上來，我握住俊輔的手。

「恭喜你。」

「謝謝。」

「恭喜你。」

「我都說謝謝了。」

我高興得忽略手上的東西，俊輔大叫一聲：「危險！」敏捷地接住了差點掉下去的單簧管盒。

「看，都叫妳小心一點了……」說到一半看見我的表情，俊輔傷腦筋地笑了。「別哭啦。」

「因為，」我吸著鼻子，擦擦眼角。「俊輔非常努力嘛……」

「嗯。」

「太好了呢……」

「嗯。」

「太好了……」

俊輔開心地注視著我又哭又笑的臉龐。

「亞優。」

「嗯？」

「我啊……」

「……嗯。」

「……」俊輔用力搔抓後頸。「現在還是算了，先保留。」

「……」

「妳看，因為我是笨蛋嘛。要是現在說了，感覺有可能會在預賽前就失去平常水準，太恐怖了。畢竟目前為止能夠不顧一切地努力，都是因為妳的關係。」

俊輔咧嘴露出白牙。

「所以……約好的那件事，就改到等預賽結果出來再說吧。這樣一來，我又能再全力以赴。」

「嗯。」我笑著頷首。「我等你。」

「喔。」俊輔有些害臊地擦了擦鼻子底下。「我今晚可能會去妳房間，方便嗎？」

「嗯，可以呀。」

「好！那我今天也要好好加油！」

他一骨碌地轉了個圈，踩下踏板。

「練習加油喔——小心別受傷。」

我對著俊輔的背影喊道，他沒有回頭，只是舉手回應。

我停在原地目送，直到他騎往自行車停放處的身影越變越小，才重新抱好單簧管轉過身。踩著輕快的步伐走向出入口時，宗方學長的臉孔忽然躍進腦海。

『——絕不輕易拱手讓人。畢竟我從以前到現在，也不是悠哉地在玩社團。』

對於大考在即的三年級生而言，這次應該是引退前的最後一場比賽了。

——至今都在第一線上認真付出，最後卻不能穿上隊服……

一想到學長得知自己被換下來時的情景，胸口就刺痛不已。

這時，我突然覺得光線變暗了，仰頭看向天空。

——又要下雨了嗎？才想好不容易放晴了呢。

剛才為止還略顯陰暗的天空，烏雲卻已悄悄蔓延開來。

＊

——這個聲音是什麼……

我在淺層的夢境中摀住耳朵。是鬧鐘嗎？簡直像是救護車的警鈴……

——越來越近了。好吵，感覺好討厭……

在逐漸轉醒的意識中，那道聲音戛然而止。

「……嗯……」

我因刺眼光線皺起臉，微微睜開眼睛，房內的電燈還明亮開著。驚覺自己躺在床上打盹睡著了，我看向頭上的鬧鐘。

——十一點……

什麼嘛，結果俊輔沒有來……

我縮起身體，再度閉上雙眼。窗外聽不見雨聲，剛才還傾盆下著的大雨似乎停了。

——俊輔累得睡著了嗎？虧我想把慶祝他成為正式球員的禮物送給他……

桌上準備好了包裝得漂漂亮亮的鞋帶，那是我今天社團活動結束後，繞去運動用品店買的。

——明天去學校再拿給他就好了，直接睡吧，但至少要關燈……

我想起身，身體卻反而變重，沒進床鋪裡。

想像著俊輔收到鞋帶時的欣喜表情，不自覺間我又再一次墜入夢鄉。

就在數分鐘後，哥哥臉色慘白地衝進來。

第七章

1

「——你發生了意外喔。」

照得校園像溜冰場一樣閃閃發亮的照明熄滅了，外頭被黑暗籠罩。

我們同時倒映在教室的窗戶上。就連應該已經不在這個世界上的俊輔，也清晰地映照在我旁邊。

「那天我一直在等俊輔，等到在房間睡著了……半夜被哥哥叫醒才知道，俊輔發生了意外。」

「意外嗎……」

見俊輔頻頻歪過腦袋瓜，我問：

「你不記得……當時的事情了嗎？」

「嗯……」他盤起手臂，望著斜上方搜索記憶。「我不記得了，那天的事情好像全部都很模糊。」

「……」

太好了，我心想。起碼俊輔心中沒有留下「當時」的痛苦記憶，真是萬幸。

「我倒是隱約記得跟妳說好了要去妳的房間。在那之前，我騎著自行車想去一趟便利商店，然後……

「……」

「……」

「不行，我還是想不起來。」

說完俊輔吐了口氣，撇下嘴角。他陷入沉思時，經常擺出這副表情。我出神地凝視那張熟悉的側臉，兩人的目光忽然相接。

「亞優，對不起喔。」

「咦？」

「那天明明跟妳約好，我卻爽約了。」

「……」

我不語地搖搖頭。這種時候還在意約定的俊輔教人心疼，也令人悲傷。

「對了，那預賽已經結束了吧……結果怎麼樣？」

「在第二輪比賽就輸了。」

「咦，不會吧？」

「俊輔的位置就跟以前一樣由宗方學長補上，感覺整個隊伍也想為了俊輔好好努力，可是……輸得相當淒慘。」

「嗚哇，是嗎？啊——好可惜。」

俊輔往自己的額頭搓了好幾下。

「枉費我當上了正式球員，真想至少站在球場上一次呢。」

很不甘心地說完，他伸手支著後腦仰望天花板。

「我也很想看有俊輔上場的比賽……」

「……」俊輔的臉龐蒙上哀傷的陰影。「抱歉，沒能讓妳看到。」

大手伸來，指尖有些猶疑地觸碰我的臉頰。

「妳瘦了……有好好吃飯嗎？」

被他圓潤的指尖溫柔撫摸，那份溫暖讓我幾乎要掉下淚來。

「阿姨煮的飯菜很好吃，妳得全部吃完，不准剩下喔。」

『小俊，不要客氣儘管吃吧。飯菜還有很多。』

已經好久沒有看見母親開心地再盛一碗飯的笑臉了。

俊輔不在以後，哥哥不再待在家裡，變得都在女朋友家窩到很晚，也經常直接在那裡留宿。沒有人吃飯，母親也不再煮晚餐，餐桌上擺的淨是從超市買來的熟食。也因為這樣，最近父親也都在外面吃飯了。

「俊輔不在以後……」我自言自語地說：「大家都不再像以前一樣開懷大笑了。大家……都變了。俊輔不在了以後，大家都……」

「——成瀨。」

身後傳來呼喚，我從夢中驚醒般地抬起頭。

「妳怎麼了？這麼晚還一個人在學校？」

我回過頭，發現向居老師就站在教室門口。同時，原本在我身旁的俊輔消失了。

「……」

——俊輔……

我站起身，坐立難安地張望四周，甚至低頭察看桌子底下。看到我這副模樣，向居老師一臉疑惑地走向我。

「成瀨，妳沒事吧……弄丟了什麼東西嗎？」

「……」我垮下肩膀，以小到快聽不見的音量回答：「沒有……」

——俊輔又不見了，明明直到剛才都在我身邊……

見我呆立不動，向居老師好一會兒站在原地憂心忡忡地看著我。

「成瀨，時間很晚了，回去吧。」

「……」

「老師會負責關燈。」

老師走到教室前方，收起拉開的窗簾，綁上帶子。

「和久井的意外……」老師背對著我低喃：「真的很教人難過。」

在全班同學面前報告俊輔過世時，向居老師說到一半忽然哽咽，哭了起來。還沒有真實感，茫然失神的同學們見了，也相繼發出嗚咽聲，班會時間教室裡充滿了大家的哭聲。

「老師。」我出聲叫道，向居老師僅往這邊轉過半張臉。「我……」

「……」

「明天見。」

「……好的，明天見。」

走出教室時我再一次回頭，有些駝背的那道背影，似乎正俯視著沉在黑暗中的足球場。

＊

俊輔遺體的發現地點，是坡道下面那條河川下游的閘門不遠處。深夜十一點左右，住在附近的男性在散步時發現了他。報警以後，俊輔立即從水中被拉上來，也叫了救護車，但當時已經沒有呼吸心跳。

俊輔跟往常一樣騎著自行車下坡，卻直接猛烈撞上護欄飛了出去，掉進河裡。因大雨而水量驟增的河水吞噬了俊輔的身體，一鼓作氣將他沖到了閘門。

事後警方說明，俊輔的頭部有輕微損傷。擅長游泳的他之所以溺斃，可能是因為飛出去時撞到了頭部，造成腦震盪。

意外發生的時間約莫是晚上九點前後，在發現俊輔的兩個小時之前，曾有附近住戶目擊到俊輔的自行車倒在護欄前。

＊

我將雙腳套進濕透的樂福鞋裡，站在雨聲嘩啦作響的校舍出入口，微明的燈光清楚照出了雨粒的大小。

——只能一路跑去公車站了吧。雨勢這麼大，大概會淋成落湯雞。

我有些事不關己，出神地望著紛紛落下的雨水時，背後傳來喀噹聲。

「亞優？」

聽到這個聲音，瞬間胸口像鉛塊一樣沉重。也沒有力氣回頭，我就這麼動也不動，穿著樂福鞋的腳步聲來到我旁邊。

「妳沒有雨傘嗎？」

井上芹香擔憂地歪過臉蛋，灰棕色的鬈髮飄逸搖動。

「嗯，好像有人拿錯了……」

「這樣啊，好過分喔——那如果妳不嫌棄，要用我的雨傘嗎？」

黃色雨傘的傘柄遞到眼前。

「咦……」

「雨這麼大，妳全身會淋濕吧？那樣子也沒辦法搭公車。」

「可是，井上同學會沒有雨傘……」

說到一半，我發覺有另一道樂福鞋腳步聲欺近。

「啊，拓己同學。」

井上芹香的聲調略略上揚。

「亞優沒了雨傘，現在很頭痛呢。可以把我的雨傘借給她嗎——我能不能跟你同撐一把傘？」

「……」我緊抓著書包，靜靜低頭。

我害怕回頭，害怕看見不願與我四目相對，拓己那陌生人一般的臉孔。

「——可以啊。」

「太好了。」井上芹香再度將傘遞到我面前。「來，請用。」

「……」

「別客氣，隨時都可以還我——」

「……不要……」

「咦？」

我從堵塞的喉嚨擠出聲音說：

「我不要……」

「……」

雨聲環繞住我們，將我們困進教人窒息的沉默裡。

頓了一會兒後，拓己的腳步聲迅速逼近，從井上芹香手中拿走黃色雨傘。

「走吧。」

「咦，可是……」

拓己的制服長褲躍入眼底，又很快遠離。哐噹一聲，一把透明塑膠雨傘掛在玻璃門的把手上。

「這妳不用還我。」

啪沙聲響起，視野瞬間被染作了黃色。透著燈光，傘上映出拓己的輪廓。

「快走吧。」

「啊……嗯。」

井上芹香顧慮著我，鑽進傘下與拓己肩並著肩。兩人邁步離開的同時，拓己的足球背包與井上芹香書包上掛著的成對小熊鑰匙圈左右搖晃。

兩人的身影在眨眼間就看不見了。驀然回神，我和剛才一樣獨自佇立在校舍出入口，凝視著從天而降的雨。

『我會保護妳。從今以後，由我保護妳——』

——騙子，拓己這個大騙子……

映在眼中的無數雨滴模糊開來，變作偌大的淚珠從眼眶滾下。

「俊輔……」我用就快要被雨聲蓋過的微弱聲音輕喚著。「快點出來，俊輔……不要再不見了……」

我拖著雙腳走向玻璃門。

掛在門把上的嶄新塑膠傘還在微微晃動，伸手一碰，傘柄非常冰冷……已不存有半點拓己的體溫。

＊

俊輔喪禮結束後的那天夜裡，我作了個夢。

在皮膚快被烤焦的大太陽底下，俊輔穿著泳褲，因刺眼陽光微瞇起雙眼，環顧面前一望無際的大海。

「妳口渴了吧？」

他回頭露出白牙。

「大海另一邊有賣飲料，我去買過來，妳在這裡等我吧。」

俊輔將掛在肩上的毛巾丟給我，朝著大海走去。

──等一下。

我出聲制止，但俊輔沒有停下來。他小跑步地踏著海浪，濺起水花走進大海。

──停下來，俊輔。

──我口一點也不渴，不要去那邊。

──我不需要飲料，俊輔……

「──俊輔……！」

我發出近乎慘叫的吶喊，張開雙眼，朝著未關電燈伸去的手空虛地劃開空氣。

重重嘆一口氣，我緩緩在床上坐起身，沒有擦去額頭冒出的汗水，失神地望著半空。分明洗過澡了，白天籠罩的線香氣味好像滲透進了全身。

時針指著深夜兩點。

我忽然低頭看向自己手上緊握的東西，細心地撫平表面的縐摺。綁了蝴蝶結的藍色袋子裡，裝著我為俊輔買的鞋帶。今天本想放進俊輔的棺木裡，所以隨身帶著，但我卻怎麼也無法鬆開手，結果又帶回來了。

從俊輔離開的那晚直到今天的喪禮，這幾天來殘留下的記憶都是斷斷續續的片段。肩膀顫抖的向居老師、同學們哭泣的臉龐、俊輔的父親穿著喪服滿臉憔悴、遺照上的笑容、祭壇上的足球，以及不計其數的白色康乃馨。

無論怎麼拼湊那些片段的影像，都很難與俊輔已經不在這個世上的事實連結起來。

晚上我幾乎睡不著覺，一切都飄渺虛幻，現實與夢境的界線模糊不定。

但是，我還是沒有請假，每天繼續上學。因為就和斷裂的絲線無法再恢復原狀一樣，一旦請了假，我就再也無法去學校了吧。

但唯獨一件事……我無法再騎自行車，改搭公車上下學。而事後我才知道，拓已也是。

我感到口乾舌燥，但沒有力氣下樓喝水，也一點都不想睡，正心想「就這麼躺到天亮吧」時，有什麼東西「叩」的一聲撞在窗戶玻璃上。

＊

我打開大門站到石階底下，穿著家居服的拓己便壓低聲音說：「嗨。」

「這麼晚怎麼了嗎？」

冷颼颼地縮著脖子，我也小聲問道，拓己直直盯著我瞧。

「我在想妳是不是睡不著？因為房間的燈亮著。」

「……」

「不，我並不是在監視妳喔。只是剛好在這個奇怪的時間醒來，稍微來這附近跑步時，就注意到了妳的房間，所以有點擔心。」

聽到拓己不如以往，有些像在找藉口的語氣，我心想或許拓己自己也睡不著，想找人說說話吧。

這也難怪，因為我們今天才剛目送變作輕煙消失在空中的俊輔離開。

「欸，拓己。」

「嗯？」

「今天……我們熬夜聊天到早上吧。」

「……」

「不行嗎？」

「……可以啊。」拓己環顧四周。「在這裡不方便，我們散一下步吧。」

說完，他催促似的開始登上坡道。

走在深夜的住宅區裡，我們的話題圍著俊輔打轉。為了避免使用過去式，我們邊說邊小心注意著語尾，有種俊輔已經離開這項事實被慢慢抹除掉的錯覺，渾然忘我地打開話匣子。總是形影不離的我們有著多到數也數不完的回憶……為了逃避現實，我和拓己都拚了命地提起一個又一個的往事。

我們在坡道上方的住宅區繞了一圈，穿過公園，走下坡道。

然後——走到了那個地方。

無數鮮花和果汁供奉在曾倒著俊輔自行車的護欄前，而非鬧門旁邊。總在坡道中途轉彎繞道以免靠近這裡的我，睽違良久再度站在此處。

對岸的燈光幽幽地照亮了墨汁一般漆黑的河流。明明害怕得全身都在發抖，但逃離這裡又好像是對俊輔棄之不顧，我們一時半刻杵在原地沒有離開。

「要是雨一直沒有停就好了。」我低頭看著河川呢喃，拓己轉過頭來。「如果雨沒有停……俊輔就不會騎自行車出門了，那麼這種事就……」

「……」

我試著老實說出了始終盤踞在心頭的想法，聽來卻空虛得無可救藥。

＊

東方的天空朦朧微亮，在對岸伸長了枝椏的樹葉形狀開始在半空中模糊地浮現輪廓。

「去學校之前，有辦法睡一下嗎？」

「……」

聽到拓己問，我輕輕點頭。

「得在天亮前回去才行。」

「嗯……」

雖然這麼說著，但兩人都沒有移動，繼續保持沉默。可能是在發送報紙，連續兩台摩托車的聲音駛過背後的坡道上方。

我想再跟拓己多待一會兒。

兩人要是分開，好不容易邊走邊堆砌建成的俊輔身影又會支離破碎。

「真想看自行車。」我不由自主輕聲說。「我想看那輛漂亮的天藍色單車。」

「……」

我低頭等著回應，拓己卻一骨碌轉過身，筆直地走向立於轉角的自動販賣機，然後從口袋裡掏出零錢丟進投幣口，問：

「妳要喝什麼？」

「……」

見我茫然無措，拓己倏地微笑。

「這個時間去廚房拿飲料，會把我媽吵醒，先在這裡買兩人份的飲料再過去吧。」

＊

喀嚓一聲，自天花板垂下不加外罩的燈泡開始慢慢發光。

「裡頭有點暗，但外面很快就天亮了，妳忍耐一下。」

室內漸漸變亮，去年夏天曾一度見過的車庫景色一點一點地浮現。

拓己將買來的飲料放在架子上，走到房間深處，掀起融於黑暗中的黑色蓋套，裡頭是當時見過的天藍色運動單車。依然和那天一樣，一派優雅高傲地立於自行車架上。

「你平常都蓋起來嗎？」

「因為完全沒在騎，會積灰塵。」

「練習很忙吧？」

「難得都買了卻不理它，這傢伙搞不好在鬧彆扭。」

聽拓己這麼說，我頓時覺得單車看起來正不高興地撇著頭。

「它是女生嗎？」

「不曉得，但它很有個性，說不定是女生。」

我跟上次一樣站在稍遠的地方，入迷地欣賞單車，冷不防一條搖粒絨毛毯從旁邊遞了過來。

「躺下來睡一下吧。妳可以躺那邊的沙發。」

「咦……」

「其實妳很想睡吧？兩眼都無神了。」

「才沒有呢。」

我反抗著沉重的眼皮眨了眨眼睛，拓己輕聲笑了。

「我也會待在這裡，只要七點左右起床就來得及吧？我會叫妳。」

「可是……那拓己呢？」

「我有本書想看。」拓己攤開毯子，輕柔地包住我的肩膀。「晚安。」

語畢，拓己馬上往沙發旁邊的小摺疊椅坐下。我站在原地看著，拓己便將耳機塞進耳朵，攤開文庫本面向另外一邊。

「謝謝……」

道謝以後，我才驚覺拓己現在只聽得見音樂。

我恭敬不如從命，先往沙發坐下。大概是放鬆下來後，疲憊感一湧而上，身體變得很重，我無法只是靠著椅背，脫下涼鞋往橫躺下。

就在這時，短褲口袋裡有種怪異的感覺，我窸窸窣窣地拿出裡頭的東西。是剛才一時之間不小心帶出來，為俊輔買的鞋帶。我將鞋帶抱在胸前，裹著毛毯縮成一團。閉上眼睛，眼皮底下就浮現出了俊輔有些緊張的神情。

『如果我能成為正式球員……能夠與拓己並駕齊驅的話，這次我會正式地向妳告白。然後，我也希望——妳到時候能夠給我明確的答案。』

當時迅速落在額頭上的，說不定是俊輔的初吻。也許他原本就計畫好要親我，所以才那麼緊張……

——嗯……比起當下一時情不自禁，這樣子更符合俊輔的個性，而且他從以前就喜歡準備會讓我嚇一大跳的惡作劇……

想起最後見到的俊輔的笑臉，我用力握緊鞋帶。

『我今晚可能會去妳房間，方便嗎？』

他為什麼不早點來呢？我為什麼睡著了呢？如果我打電話叫他早點過來，說不定就不會……

我睜開雙眼——還是無法睡著。一閉上眼，整個腦海就全是俊輔，懷念、眷戀與無數的後悔勒緊胸口，讓我痛苦得幾乎要停止呼吸。

「……睡不著嗎？」

我稍稍抬起頭，坐在腳邊的拓己正看著我，拿下了一邊的耳機，傾身察看我的表情。

「太亮了嗎？要不要關燈？」

「沒關係……」

隨著早晨到來，車庫內部正如拓己所說越來越明亮，燈泡幾乎沒了用處。

「那個……」我望著拓己指尖按著的耳機。「你在聽什麼？」

「啊……」拓己略顯落寞地垂下視線。「是我很喜歡的一張樂團專輯，俊輔難得也很喜歡這張。」

「……」

「要聽聽看嗎？」

我坐起身將腳放在涼鞋上，拓己走來坐在旁邊。

「這個搖滾樂團叫做ACIDMAN，他們將自己的曲子改編成原音版，是張不插電專輯……耳朵借我。」

我將頭髮撥到耳後，微微碰到了拓己伸過來的手指。我只有左耳戴了耳機，不一會兒和緩沉靜的木吉他樂聲流瀉而出。

「這首……那傢伙說他最喜歡這首〈FREE STAR〉。」

配合著節奏緩慢的前奏，拓己的指尖在大腿上輕打著節拍。儘管共戴耳機，兩人之間還是隔著太過拘謹的距離。

「這首歌真好聽。」

「對吧？」

主唱的聲音很溫暖，有些沙啞，聲色讓人沒來由地想到俊輔，我好半晌出神地沉浸在惆悵又動人的歌聲與木吉他音色裡。

「今天喪禮期間……妳一直拿著那個吧？」

拓己說，我垂眼看向自己手邊。

「嗯，這是慶祝俊輔成為正式選手的禮物，那一天本來想送給他。」

「……」

我撕開背面的膠帶，把袋子倒過來拿出裡頭的東西。

「鞋帶？」

「嗯。」

為了搭配俊輔的足球鞋，我選了螢光橘色的鞋帶。

「每次看到這雙鞋帶，我都會想像俊輔收到鞋帶時的高興表情，就覺得非常痛苦……今天本來想放進棺木裡，結果也做不到。」

「……」

無法送出去的這雙鞋帶，就是我的後悔。如今沒能放進棺木裡，從今而後我每晚都只能懷抱著後悔睡去吧。

我用手指撫平被緊握了好幾次後凹凸不平的紙板，拓己朝我伸出掌心。

「那個鞋帶可以給我嗎？」

「咦……」

「我會代替俊輔繫上它們。雖然我也不知道他會不會希望我這麼做……但是，這條鞋帶由我收下吧。我想俊輔也不希望妳因為沒能送出鞋帶，一直感到痛苦。」

「……」我捨不得地撫摸鞋帶表面後，輕輕放在拓己的掌心上。

「我會好好珍惜。」

我點了點頭，拓己也神色認真地回以頷首，然後慎重地將鞋帶收進口袋。

「像這樣慢慢來就好了，我們一起接受俊輔離開的事實吧。老實說，我也完全無法相信……但只能這麼做了。」

「……」

「抱歉，我這麼不可靠。」

曲子慢慢地播放著。

曲風沉靜卻又火熱，不可思議的歌聲像在激勵著胸口深處的事物。俊輔也是抱著這樣的心情聽著這首歌嗎？本人不在了以後，我才聽到這首俊輔喜歡的曲子，與他共享相同的心情，感覺真是奇妙。

「亞優。」

「嗯？」

「妳……大哭過了嗎？」

「……」

「喪禮的時候大家都號啕大哭，但只有妳沒哭吧？我想妳是因為大家都在，但最好別太壓抑自己。如果累積太多淚水，很快會崩潰的。」

「……」我凝視著拓己的側臉問：「拓己哭了嗎？」

「……」

「俊輔死了以後……哭了很多次嗎？」

「我哭了喔。」拓己難為情地垂下眼。「而且哭得很慘。像個小孩一樣一個人躲起來，幾乎要把全身的水分都哭光了，簡直是個笨蛋。」

「……」

「我隨時都可以再哭出來，我還覺得哭到眼淚都乾了這句話根本騙人。不管哭多少遍，都還是很不甘心、很難過，也非常痛苦。我真的一點也不堅強，可是……」

這時，黎明的曙光逐漸從窗戶灑落進來。和夕陽一樣火紅，但帶有著一日之始的涵義，光芒照亮了佇於車庫深處的天藍色單車。

「至少待在亞優身邊的時候，我想變得堅強——我不會在妳面前哭，因為要是哭了……就無法保護妳了。」

兩人的掌心重疊，手指交纏，緊緊扣在一起。

我抬起臉龐，拓己的眼底映著朝陽。我沉迷於那道光輝時，兩人的距離自然而然變近，嘴唇互相碰觸。

在柔和朝陽的籠罩下，這是我們的初吻。

笨拙、生澀又遲鈍……悲傷得教人想哭，也幸福得教人想哭的初吻。

我們在彼此身上尋找著俊輔的身影，互相憐惜安慰，雙唇不斷重疊。

「睡一下吧。」

拓己讓我的頭枕在他肩上，溫柔地撫摸我的頭髮。

「稍微睡一下，精神會好很多。等妳醒來，就先回家做準備……今天我們就在公車站會合，再一起去學校吧。」

我沉浸在久違的安心感中，頭靠著拓己的肩膀閉上眼睛。不像剛才，身體很神奇地並不感到沉重，反而輕盈得像飄浮在半空中。

在逐漸遠離的意識之外，拓己輕聲低語：

「我會保護妳。從今以後，由我保護妳——」

即將墜入夢鄉之前，落進耳中的這句話靜靜地、慢慢地滲透進內心，將我融化於淺眠裡。

換好制服走向玄關時，我忽然改變主意，打開了盥洗室的門，讓洗手台上的偌大鏡子照出全身，整理頭髮與儀容。雖然是自己的臉龐，但好像很久沒有像這樣正面直視了。

「我出門了。」

我對著家裡喊道，走出玄關，邊反手關門邊看時鐘，距離與拓己約好的那班公車還有非常充分的時間。

我走下坡道，快到意外現場時準備右轉，不經意地俯瞰坡道底下，看見了河川對岸拓己家的二宮自行車行招牌。我發現有兩道穿著西裝的背影正往那邊走去，於是停下腳步。

——這麼早就有客人嗎……

距離太遠了，我無法看清他們的模樣，但兩人在車行的鐵捲門前徘徊一陣後，走向住家大門。胸口突然湧現不安，我暫時站在原地觀察兩人——無預警地，背後響起了悲鳴一般的煞車聲。我縮起身體，一輛自行車幾乎要擦撞到我般騎過身旁。看似是上班族的高大男人踩著自行車騎下坡道，同時製造出尖銳刺耳的煞車聲。

——嚇死我了……

我用力吐一口氣，按著胸口再次看向拓己家，剛才的兩人已經不見蹤影。

*

那天早上，拓己沒有出現在公車站。

然後他向學校請了好幾天假——再次見面時，拓己已經宛如陌路人般，再也不肯與我視線交會。

第八章

1

今天的天氣預報依然是晚上開始會下雨。

我聽著身旁日南子吹奏的單簧管樂聲，從音樂教室的窗戶仰頭看向天空，鈍重的灰色烏雲看起來隨時會降下雨滴。

——希望可以撐到放學回家。雖然我今天帶了備用傘，所以不會再像昨天一樣……

『這妳不用還我。』

「……」

當時拓己在出入口的聲音平淡沒有起伏，現在仍然清晰地殘留在耳裡。消失在黑暗中的黃色雨傘閃過腦海，為了甩開，我決定集中精神在個人練習上。我翻開樂譜回到第一面，忽然轉過頭，目光與定睛盯著我瞧的日南子對上。

「……怎麼了嗎？」

「不，沒事。」

日南子很快又叼住吹嘴，重新開始練習，我不解地歪過頭後，也吹起最一開始的樂句。

我們社團奇蹟般地通過了大型比賽的預賽，現在為了正式比賽，正全神貫注地埋頭練習。社團顧問原本就是一位個性溫吞的老師，似乎只把參加這次的比賽當作一種紀念，但以社長北村學姊為首，即將引退的三年級學長姊們都拿出了看家本領，希望能夠得名。今天音樂教室裡也瀰漫著緊張的氣氛。

我盯著樂譜，感受著自己吹奏的樂聲。

——今天狀況好像不錯……

指法前所未有的順暢，最棘手的部分也順利過關。樂聲傳來的位置比往常要高，感覺像是穿越過頭頂上方。接下來是我的拿手好戲。保持著現在的節奏，不要著急，注意拍子——

「聽說二宮要退社。」

日南子突然冒出的這句話，讓我吹著的單簧管不小心爆音，發出了「嗶——！」的刺耳聲。

「咦？」

「聽說二宮要退社喔。」

「……！」喀噹一聲，我從椅子上站起來。「拓己要退出足球社嗎？」

「對……昨天放學後，貴也說他在教室看到二宮把退社單放進書包裡。」

「……」

我茫然地望著日南子，只見她的大眼睛瞄了四周一圈。我恍然回神，發現周遭的社員都訝異地抬頭看著我。音樂教室前方，北村社長轉過頭來靜靜望著這邊。

「對不起……」

我咚地坐下後，像是什麼事也沒發生過般，音樂教室裡再度洋溢起樂聲。

「抱歉……亞優，我一直很猶豫要不要告訴妳。因為妳今天剛好看起來非常沒精神，我很擔心要是告訴妳這件事，妳會不會暈倒。」

「……」

我悶不作聲地翻開樂譜，打算再從最一開始吹奏時，日南子一掌拍向我的背。

「……好痛。」

「我說妳啊。」

「什麼？」

「為什麼毫無反應？」

「……」我的腦海中閃過了在雨中甜蜜搖晃的小熊鑰匙圈。「拓己不會有事的。」

「咦？」

「因為有井上同學陪在他身邊。她一定會阻止拓己。」

「……」日南子一臉若有所思，發出沉吟偏過頭。「我倒覺得她沒有那種力量。」

「咦？」

「只有亞優才辦得到吧，二宮怎麼可能聽其他女生的勸。」

「……」

我沒有回答，再次準備舉起單簧管，背部又慘遭拍打。

「很痛耶……」

「知道了，我不會再多嘴……可是，」日南子忽然湊來臉龐。「只有這件事我要告訴妳。那兩個人之間才沒有愛，這點絕對錯不了。」

「……」

最後朝我用力點了一下頭後，日南子回頭繼續練習。我盯著她的側臉好一會兒，隨後也叼住吹嘴。

『昨天放學後，貴也說他在教室看到二宮把退社單放進書包裡。』

才剛開始吹奏，我就因為太過用力，吹出了突兀的高音。

——拓已要退出足球社……？

——為什麼……

這個問題在我的大腦內縈繞不去，怎麼思索也想不出答案。我接連吹出爆音，但還是沒有停止吹奏。

——這雙鞋帶由我收下吧，我會好好珍惜。

——像這樣慢慢來就好了，我們一起接受俊輔離開的事實吧。

——我會保護妳。從今以後，由我保護妳——

「好，停！」

聽到拍手聲，音樂教室變得一片安靜，北村社長指向時鐘。

「時間不早了，現在開始分組練習，請大家迅速移動——那麼，開始。」

我站起身，正要移動至單簧管組時，有人叫住我：「成瀨學妹。」

「……是。」

我心驚膽顫地回過頭，北村社長面無表情地說：

「結束後可以留下來嗎？我有話想跟妳說。」

「……」

我用沙啞的聲音回答「是」，聽見日南子小聲暗喊：「完啦——」

＊

「辛苦了——」

最後一批社員走出音樂教室後，北村社長要我坐在椅子上，接著坐在我對面。

「社長……真是對不起。」

我率先低頭致歉，學姊眨了眨眼鏡底下的雙眼。

「為什麼要道歉？」

「因為我剛才在個人練習時大聲說話，吵到了大家……」

「啊。」社長咯咯笑了。「妳們兩個的確平常就很聒噪，但今天不是要說這件事。」

「咦……」

「是演奏方面的事，想跟妳談談。」

「……」

果然惹社長生氣了嗎……

想起自己剛才不管三七二十一的吹奏，我真想摀住自己的臉。

「成瀨學妹，我之前就覺得妳很常出現爆音呢。」

「是……」

所謂爆音，指的是不小心吹出了無意發出的尖銳泛音，主要是牙齒貼住簧片的方式、嘴形，以及吹氣方式出了問題所致。

「妳自己覺得是為什麼呢？」

我思考了半晌。

「因為我吹得很爛……」

「……」

我自己也覺得這個回答會讓人很想吐槽「未免太直接」，便見北村社長正忍著笑。

「成瀨學妹吹得一點也不爛喔，雖然很少看到有人像妳這樣不靈活。」

「……」

「還有……」

北村學姊翻找放在旁邊的書包，從中拿出了幾個盒子，並排在桌上。仔細端詳，我發現那是不同種類的簧片。

「成瀨學妹，妳找找看有沒有適合自己的簧片吧。」

「咦……」

「妳現在用的簧片，是買學校之前提供的那幾種吧？我覺得妳也可以試試看其他廠商製造的簧片。即使厚度一樣，吹起來感覺也完全不同。」

北村學姊一個個打開盒子，從中各拿出一個簧片。

「這些給妳，妳試試看吧。」

「咦？可是，這些……」

「沒關係，反正我家裡有很多。這些全是不適合我，擺著沒用的簧片，有些我也分給了其他人。我以前爆音也很嚴重，所以試過了很多簧片，這些是殘骸。」

我大吃一驚。

「北村社長以前吹過單簧管嗎？」

「對呀。因為我爸爸一直都是吹單簧管，我很自然地也跟著選了。但因為沒有人會打定音鼓，我才轉到這邊。」

北村社長露出的開朗笑容充滿了魅力。

「我希望妳可以在正式比賽之前，磨合出適合自己的簧片。有些人會因為表現不穩而吃足苦頭，但一找到適合自己的簧片，就神奇地變得收放自如。而且心情上，也能當作是護身符。」

我緊盯著學姊放在自己掌心上的數個簧片。

「給我這麼多，真的可以嗎？」

「嗯，加油喔。時間不多了。」

「……是！謝謝社長。」

我起身鞠躬行禮，眼見北村學姊往講桌移動後，才寶貝地用掌心包住簧片，走向自己的書包。我將簧片擺在手帕上，慎重地打結時，北村學姊用有些緊張的聲音開口說了：

「對了，妳剛才和寺田學妹提到退社的事……是指我們管樂社嗎？」

「咦……啊。」我急急忙忙搖頭。「不是的，是指我在足球社的朋友……」

「這樣啊。」北村學姊如釋重負似的微笑，背對我開始寫日誌。「是二年級的嗎？」

「對。」

「真可惜，好不容易都努力到現在了。」

「……」我將簧片放進書包的內側口袋，拉起拉鍊。「說不定……他是覺得只有自己還在踢足球，很過意不去吧。」

「……」

「他有一個非常要好的朋友……那個朋友卻無法再踢足球了。所以也許他是心想，只有自己還在踢球真的好嗎……」

『如果我不能去，自己也不去，雖然笨拙，但這就是那傢伙認定的友誼。』

我憶起了足球門票那件事，難過得無法自已，噤口不再作聲。

「……真可惜。」北村學姊又說了一次。「如果為了某個人而捨棄重要的東西，一定會後悔的。」

「……」

「妳去阻止他吧？我想本人很難發現這只是在逃避而已，恐怕要在很久很久以後，已經來不及挽回了才會發現。」

我轉過臉龐，北村學姊托著臉頰看著我。

「如果是我……大概會跪坐在地，再讓對方坐在我對面，長篇大論地說之以理吧。因為我也不想要日後才後悔自己沒有阻止他……如果是寺田同學，肯定會賞他一巴掌，還會揪住對方的衣領，兇巴巴地怒吼『你不准逃避』之類的話。」

可能是想像到了日南子的猙獰臉孔，學姊忍俊不禁地笑了。

「成瀨學妹呢？」

「……」

「成瀨學妹會怎麼做？」

也許北村學姊並不是真的在問我，她沒有等我回答，再度轉向日誌。

『成瀨學妹會怎麼做？』

——我……當然不希望拓己放棄足球。

可是……拓己聽得進我說的話嗎？他一定會連正眼看我都不肯。明知會遭到無視，還去找他說話實在太——

——那個鞋帶可以給我嗎？

——我會代替俊輔繫上它們。

——雖然我也不知道他會不會希望我這麼做……但是，這雙鞋帶由我收下吧。

眼角發熱，我閉起眼睛。眼皮底下，鮮明地浮現出那天在小學校園裡，俊輔與拓己追逐著足球的身影。

「——我先失陪了。」

我將書包抱在胸前，深深地向北村學姊行了一禮，快步走出音樂教室。

＊

放學後的理組校舍悄然無聲。一年級時，我曾進去過二樓的化學實驗室，但這還是第一次往上走到更高的樓層。我奔上樓梯，跑進三樓走廊。

——拓己的班級在……

我平復著呼吸，走在筆直延伸的無人走廊上。

我先到校園找過了，但在足球紛飛交錯的足球場上沒有見到拓己。接著又去了校舍出入口確認，拓己的皮鞋還在。現在要去確認他的東西是不是還留在教室裡，如果還留著，就待在教室裡等他吧。總之，我必須現在就和拓己好好談談。

『如果為了某個人就捨棄重要的東西，一定會後悔的。』

必須向拓己轉達這句話，就算被他無視，就算他一臉不耐煩也沒關係——絕對要現在勸他不要退社。

來到2—B的牌子底下，我做了一次深呼吸，站在教室入口，正要踏進去的那隻腳卻陡地定住。

「拓己……」

我有些上氣不接下氣地輕聲喊道，那道站在窗邊，俯瞰著校園的背影於是慢慢轉身。拓己的表情毫無變化。將被拒絕的預感令我害怕，只能仰賴急迫的心情踏進教室。

「那個……」

一度回過頭來的臉龐再度背向這邊，他長長的手伸向玻璃窗，將窗迅速關上。窗戶關起的瞬間，方才充斥著運動社團吆喝聲的教室內部頓時像被隔離一樣安靜下來。

「拓己……我有話要跟你說。」

拓己不發一語地走向教室前方。發現他打算走到自己的桌子，我馬上拔腿狂奔，鑽過桌子之間，搶走拓己伸手要拿的書包。抱著書包對峙回望後……眼前是好久沒有正面迎視的拓己。

他明顯比以前消瘦，過長劉海底下的雙眼死氣沉沉。多半沒什麼睡，氣色也很差。這副憔悴的模樣讓我手足無措，拓己的手又往書包伸來，我緊抱著書包往後縮。

「你要退出足球社嗎？」

「……」

我閃過他再度伸來的手，再往後退一步。

「不可以，拓己……要是退社，以後再怎麼後悔也無法挽回喔？」

「……」

拓己長長的睫毛往下垂落，仍是緊閉雙唇。我希冀著能將想法傳達給他，繼續說道：

「拓己，雖然你沒有說出口，但其實非常喜歡足球吧？好不容易努力到了這一步，卻要自己捨棄掉累積至今的心血……這樣子是不行的，俊輔肯定也希望你繼續踢球。」

「……」

看見拓己慢慢放下手，我在內心鬆了口氣，看來他也許還願意聽我說話。慎重起見，我重新牢牢抱住書包，正要再次開口時，拓己的嘴巴早一步動了。

「俊輔……才不那麼希望。」

「……」我眨著眼睛停下動作，拓己依舊面無表情地低垂雙眼。「這是什麼意思……」

「就是字面上的意思。」

「……」

望著拓己的臉龐，內心開始湧現無以名狀的苦悶。

──拓己，你怎麼了？為什麼說這種話……

我想儘可能理解他的心情，望進他的雙眼。

『我還覺得哭到眼淚都乾了這句話根本騙人。』

拓己那對總是迷濛濕潤的美麗眼睛看起來沒有半點情感波動，乾枯至極。

……那是淚水已經枯竭的眼睛，取而代之地可以看見失落、無力——以及絕望。

「亞優還不知道。」拓己細聲輕喃。「我還以為這時候已經有人告訴妳了。」

「……」

某種東西緊壓而來的感覺讓我縮起身體。

「什麼……？告訴我什麼……」

拓己的雙眼慢慢轉向我，我無法呼吸。在緊張氣氛的壓迫下，胸口好悶，我有股衝動想摀住耳朵。握緊書包之際，拓己靜靜說了：

「——俊輔會死，都是我害的。」

2

瞬間腦袋一片空白，接著逐漸布滿了問號與疑惑。始料未及的話語讓大腦無法即時反應，結凍般地動也不動。

「你在……說什麼……」

我費了番工夫才張嘴問道，拓己別開不帶半點感情的眼睛。

「不用我說，不久妳就會知道了。」

「……」

「還給我。」

我更是後退著閃過他伸來的手，緊緊地摟住書包。

「告訴我……」

「……」

「我想聽拓已親口說，究竟發生了什麼事？」

——終於能夠明白拓已為什麼緊關上心門了。

事實上我害怕得不得了，但不論他要說什麼，我都決定坦然接受。如果能夠一起分擔，我想承接下拓已一部分的痛苦；如果一個人無法承受，那兩個人一定……

拓已依舊不願正眼看我，良久都保持靜默。我忍受著沉默，耐心等待，他用力閉著的雙唇終於打開。

「那天……俊輔喪禮的隔天早上，在妳回去以後，警察來了。」

——警察……

腦中閃過了前往公車站途中，我在坡道上看見的那兩名穿著西裝的人。

「警察說，他們在俊輔自行車的煞車上發現了問題。」

「問題……？」

『我說妳啊……明明是為了練習單簧管才去學校，卻忘了帶單簧管，在搞笑嗎？』

我想起了最後一次見面時，俊輔自行車發出的刺耳煞車聲。

「對了……俊輔的自行車煞車聲很奇怪……」

「……」拓己搖了搖頭。「不是，奇怪的聲音確實是煞車片造成的，但那並不是發生意外的原因。因為那一天，俊輔才剛換了新的煞車片。」

「……咦？」

「我之前就一直提醒他，煞車片有磨損還騎自行車很危險，要快點修好……那天練習完回家，老爸在店裡似乎正好有空，我就叫他過來我們車行。因為俊輔老說下次再修就好，每次都嫌麻煩用這句話打發掉，所以我就強迫他過來……換掉了磨損嚴重的煞車片。」

「……」

二宮自行車行才剛修理好俊輔自行車的煞車，為什麼還在出狀況時發生問題……不祥的預感掠過心頭。

——難不成……

「警察調查之後，發現俊輔自行車的煞車並不是故障，而是煞車線鬆開了——不，是『被人鬆開了』。警察正在調查是誰，又是什麼時候鬆開了煞車線。」

我倒抽口氣。

「那……」自己的聲音顫抖到近乎滑稽。「那難道……」

「更換煞車片的時候，必須先解開煞車線，當然這次也先鬆開了。也就是說——俊輔發生意外的原因，是『人為過失的不當維修』。更換完煞車片後，因為忘了鎖緊煞車線，左邊的煞車才會失靈。」

「慢著，那俊輔的意外……」

「……」

我忽然發現自己的手在微微發抖。我用另一隻手緊緊壓住，想要抑止顫抖。猛烈跳動的心跳在耳邊怦怦作響。

俊輔會發生意外是因為忘了鎖緊煞車線——如果那一天沒有修理自行車，俊輔就不會——

「可是、可是……」我竭盡所能擠出聲音。「這也沒有辦法……沒有辦法啊，因為……」

「……」

「這又不是拓己的錯。自行車那麼危險，勸他去修理也是當然的吧？」

我按捺下想哭的衝動，拚命拼湊句子。

「沒有人會怪拓己的，叔叔也不是故意忘了鎖緊——」

「不是我爸。」

「……」

拓己緩緩將空洞的雙眼轉向我。看到他的眼神，我瞪大眼睛。

「那天修理俊輔自行車的人——是我。忘了鎖緊煞車線……害死俊輔的人，是我。」

咚唰的一聲巨響，書包掉在腳邊。

「騙……」我的身體踉蹌，碰上桌子發出哐噹聲。「騙人……」

耳朵突然耳鳴，大腦頑強地抗拒著去理解耳朵聽見的消息。看見我的表情，一瞬間拓己的臉龐似乎悲傷地扭曲。

「真的嗎……是拓己……真的是拓己嗎……」

「……我以為我鎖緊了。」

拓己攤開自己的掌心，定定注視。

「鎖好煞車線，還仔細檢查過了煞車正不正常，才把車交給俊輔。我也拚了命地對老爸跟警察這麼說，可是……事實上煞車線就是鬆開了。起先還很清晰的記憶，也在我不斷回想後，開始覺得好像是我自己在無意識間填補了記憶……」

我全身發抖，聽著拓己淡淡說出的字句。映在視野中的拓己五官模糊暈開，不自覺間幾行眼淚濡濕了臉頰。拓己的聲音、身影，變得越來越遠。

「我還和他一邊聊天，一起走到橋的另一頭，目送那傢伙推著自行車走上坡道——這就是我最後的記憶，我連當時聊了什麼也不記得了。」

拓己的手掌無力地垂下。

「妳明白了吧？是我害死了俊輔，所以……那傢伙才不會把足球的夢想寄託在我身上，就連妳……」

留意到我掉下了眼淚，拓己更是抹除所有表情，撇開臉龐。

「俊輔的爸爸也知道這件事，妳家人也是。阿姨、叔叔跟章哥都知道。章哥會成天待在惠美學姊那裡，可能是因為看到什麼都不知道的妳，覺得很痛苦吧。大家……都不敢告訴妳這個殘酷的事實。」

拓己彎下腰，撿起自己掉在腳邊的書包。

「拓己……」

我呼喚道，但他的目光依然不投向我。

「不知道是聽誰說的……足球社裡有人知道這件事，還說都是我亂七八糟的修車技術害死了俊輔。傳遍全校也只是時間早晚的問題，妳最好別再跟我扯上關係。」

聽著他要走出去的腳步聲，我輕聲喊道：

「……不行，不可以走。」

拓己停了下來。

「俊輔會消失不見的。」

我走向背對著的拓己，捉住針織衫的下襬緊緊握住。

「能夠回想起三個人共度時光的，只剩下我們而已了……如果我們再分開，俊輔就真的……會從這個世上徹底消失的。」

我用沒出息的哭腔竭力央求。

「拓己，你不是說了嗎？兩個人一起慢慢接受……我不在意。如果這是拓己懷抱的痛苦，那我也一起……」

「不可能。」拓己的聲音平板至極。「從妳身邊……從大家身邊奪走了俊輔的我——沒有辦法一臉若無其事地再待在妳身邊。」

針織衫從我的手中溜走，頑固的背影逃也似的離開教室。不知何時又下起來的雨，聲音越來越震耳欲聾，蓋過遠去的腳步聲。

＊

一樓傳來玄關的開門聲，緊接著聽見哥哥喊道：「我回來了。」鴉雀無聲的家中，迴盪著走上樓梯的腳步聲。走廊的地板傾軋作響，腳步聲從我身後走了過去，隨即啪答啪答地又跑回來。

「嚇死人了——亞優，妳在幹嘛啊？怎麼不開燈。」

我呆站在昏暗的房裡默然不語，房間的燈亮了起來。

「妳怎麼了……怎麼全身濕成這樣？」

哥哥慌忙走進房間，察看我的表情。

「亞優？」

「……」

「妳這樣子會感冒喔……」哥哥環顧四周，拿起蓋在枕頭上的毛巾，披在我頭上開始擦頭髮。「妳沒有雨傘嗎？為什麼不去超商買一把？身上至少有點零用錢吧？」

粗魯地擦拭頭髮的手倏地頓住，哥哥似乎領悟了什麼，瞪大眼睛看著我。

「該不會妳……」

我茫然回望，哥哥伸手摸向我的臉頰，撫過已經乾涸的淚痕。

「聽說了——拓己那件事……」

「……」

望著哥哥凝重的神色，本已乾枯的淚水再度模糊視野。

「為什麼……」

「……」

「為什麼只不告訴我一個人……」

「亞優……」

「為什麼……大家都要丟下我一個人……不管是拓己、爸爸、媽媽、哥哥……還是俊輔……」

哥哥注視著我，臉龐慢慢扭曲。

「對不起——對不起，亞優。」

哥哥想也不想地緊抱住我又冷又濕的身體。

「對不起，我們不會再讓妳一個人了。這種時候讓妳這麼寂寞，對不起……」

我的啜泣逐漸變成了嗚咽，最終變作號啕大哭響徹房間。哥哥的厚實掌心就像在安撫孩子，溫柔地摸著我的頭。我埋在寬闊的胸膛裡感受著哥哥的溫暖，像個孩子一樣不停抽噎哭泣。

＊

洗過澡暖和了身體，吹乾頭髮回到房間後，哥哥立即從隔壁房間探出頭來。

「稍微冷靜下來了嗎？」

「嗯……謝謝。」

我往床鋪坐下，哥哥便盤腿坐在旁邊的地毯上，抬頭看向我。

「妳今天就先睡了吧，我會待在旁邊直到妳睡著。」

「沒關係，不用啦。我又不是小孩子了，而且也還不想睡……」

但偌大的呵欠打斷了我，哥哥噗哧笑了起來。我聽話地乖乖鑽進被窩，蓋上棉被的瞬間，眼皮果真變得沉重。哥哥就像小時候常對我做的那樣，握住我的手，撫摸我的頭髮。

「現在這樣還真懷念……以前只要這樣哄妳，妳絕對三秒就睡著。」

再怎麼說，三秒也未免太誇張了吧……想歸想，但因為太舒服了，我沒有力氣反駁。眼皮白然地落下後，黑暗中浮現拓己的臉龐，我立即睜開眼睛。

「欸……哥哥。」

「嗯？」

「是真的嗎……」

「什麼？」

「拓己那件事。煞車線真的鬆脫了嗎？說不定是因為意外時碰撞到……」

哥哥輕嘆口氣。

「我也希望是這樣。調查的時候，聽說拓己也再三保證自己絕對鎖緊了，仔細檢查過後才把車交給俊輔。可是，警察檢查之後——唉，但用不著檢查，只要動腦想想，就能知道煞車線並不會因為意外的衝擊就鬆開。所以，拓己就再也無話可說了，我想本人也非常痛苦。」

『……我以為我鎖緊了。鎖好煞車線，還仔細檢查過了煞車正不正常，才把車交給俊輔。』

拓己望著自己的掌心時，眼神中滿是虛無。

「明明店裡有叔叔……為什麼是拓已去修理……」

「當然一開始是叔叔在修，但好像是中途有常客上門。」

「常客……？」

「這次橫須賀市和三浦市聯合舉辦了運動單車大賽，對方因為這件事問了許多專業問題，接待客人的時間便因此拉長。這期間好像就由拓己代替叔叔接手後續工作——時機點真的是太糟了。」

哥哥難過得垂下雙眼。

「拓己那傢伙雖然不說，但我想精神上承受了很大的折磨。媽聽阿姨說……拓己要騎自行車的時候，身體可能是因為抗拒反應，會變得很不舒服。好像有一次他還是勉強自己騎上去……結果卻吐了。」

「……」

「因為那傢伙很好強。就連學校，叔叔跟阿姨也勸他請假一陣子，他卻從來沒有遲到，每天搭公車上學，簡直像在懲罰自己——我真的很擔心他。要是某天緊繃的神經斷裂了，那傢伙……會不會從此再也無法振作。」

『妳明白了吧？是我害死了俊輔，所以……那傢伙才不會把足球的夢想寄託在我身上，就連妳……』

「我……沒能對他說半句話。」

想起拓已離去時落寞的背影，胸口深處就椎心刺骨地痛。

「就算只是安慰，我也該對他說幾句話，讓拓已能輕鬆一點……」

——我……為什麼沒有張手抱緊拓已呢？

就算是摟著他哭哭啼啼，也應該要留住拓已的心。

「睡吧。」哥哥再度撫摸我的頭髮。「今天先好好休息，明天再想就好了。」

那隻大手溫柔又舒服得彷彿直接安撫著內心……一點也不誇張，幾乎在閉上眼睛的同時，我就墜入了夢鄉。

＊

——好溫暖的手，是誰……？

淺眠之中，我正和某個人手牽著手。又大、又厚實、又溫柔……

——對了，是哥哥。睡覺的時候，我跟哥哥手牽著手……

我緩緩睜開眼睛，幽暗的天花板映入眼底。變作細長的月光從半開的窗簾流瀉進來，好像白色緞帶一樣橫切過床鋪，雨似乎停了。

「亞優。」

細語般的呼喊令我轉過臉龐，看見了被月光朦朧照亮的俊輔。他坐在床邊，鄭重地握著我的左手。

「俊輔……」

「嗯。」

虛弱地回握後，兩隻大手回應似的密實包覆住我的手。

「亞優……妳很難過嗎？」

「咦……」

「眼淚。」俊輔以右手摸向我的眼角，剛落下的淚水沾濕了他的指尖。「作了什麼悲傷的夢嗎？」

「……」我搖搖頭，露出淡淡的微笑。

——讓我難過的不是夢。比起怎麼也無法挽救的夢境，現在的現實更讓我哀傷。

俊輔的黝黑大眼在月光下閃爍著豐潤的光澤，我忽然在其中感覺到他似乎欲言又止。

「俊輔，你怎麼了？」

「嗯？」

「看起來好像有話想說。」

「……」俊輔有些躊躇，還是開口說了：「我問妳。」

「嗯。」

「我有件事……很好奇。」

「什麼事？」

俊輔心神不寧地眨著眼睛。

「我媽……知道我死了嗎？」

「……」太過措手不及，我一時語塞。

——對喔。

我怎麼會沒有發現呢？這對俊輔來說，明明是最重要的事。

「呃，其實我也覺得不用在意啦……但還是會好奇嘛。」他困窘地嘿嘿笑著，擦了擦鼻子底下，不安地看著我，刻意用輕快的語氣問：「她有出席……喪禮或是四十九天的法事嗎？」

「……沒有。」

「——這樣啊。」

「嗯……」

「那……她可能不知道吧。嗯。我知道了，就這樣吧，謝啦。」

那種想結束話題的可憐模樣教人心疼，我緊握住俊輔的手。

「不然我問問叔叔，看他有沒有聯絡阿姨吧？」

「……」

「俊輔希望阿姨知道吧？如果叔叔沒有通知，我代替他去聯絡她吧。你知道聯絡方式嗎？」

「……」俊輔左右搖頭。

「是喔……只有叔叔知道嗎？說不定我媽媽知道——」

「不，不是的。我的意思是不用通知我媽。」

「咦……」

「就算現在通知她，我也已經不在這個世上了。身體也已經灰飛煙滅，就算想道別也沒辦法了。」

「可是——」

「沒關係啦，而且……」俊輔逞強似的咧嘴傻笑。「要是結果她已經知道了，卻刻意不來，那就太糗了，也只會讓自己更沮喪。」

「……」

望著他的表情，我總算意識到了。同時，想到俊輔的心情就心如刀割。

——原來是這樣……俊輔還在意著當時的事……

『妳知道那傢伙的母親吧？他說昨天晚上他媽打了電話來，說想見他——』

我想起了在橫濱參加演奏會的那天晚上，酒井先生告訴過我的那些話。那天的前一天，俊輔對電話另一頭的母親說了很過分的話，結果陷入深深的自我厭惡。他想必一直以來都把這件事放在心上，在意著是不是因為那次電話中，他在感情用事下拒絕了她，母親才沒有出席自己的喪禮。

我一想到那是他與母親最後的對話，就心痛得無法自拔。

「俊輔，難道你……」

「嗯？」

「不……沒事。」

我忽然間心想，也許——這件事就是俊輔的遺憾，所以他才出現在這裡。

「不說這個了，妳跟拓己和好了嗎？」

「……」

看見我的小臉一沉，俊輔笑道：

「真拿妳沒轍耶，那我告訴妳一個珍藏的絕招吧，是可以吵架時贏那傢伙的方法。」

「咦？」

「不能告訴別人喔，這是我自己想出來的絕招。」

「不用，沒關係啦……我又不用贏他……」

「不，我要讓妳贏他。靠著這招，妳百分之百穩贏，不論怎麼吵架都能言歸於好。」

「究竟是什麼方法啊……？」

俊輔正經八百地湊上臉來。

「搔他癢。」

「……」

「這招絕對有效，妳試試看。」

「我去搔他癢嗎？」

「嗯。」

「我去搔拓已的癢？」

「對啊。」

「不可能……」

「不不不，就只有這個辦法。因為那傢伙老是滿嘴大道理，靠嘴巴根本贏不了他，所以要在他開始囉哩叭嗦之前，就先讓他笑出來。一旦笑了，就是讓他笑的人贏了。」

「……」想像著自己搔拓已癢的畫面，我忍不住嘴角上揚。「知道了，下次見面我會試試看的。」

「很好，竅門就是用手指去摳他的肋骨。」俊輔說得無比得意，忽然打量起我的臉。「對了，妳看起來超級想睡的耶。」

俊輔才剛說完，我就打了一個大呵欠，他不禁莞爾失笑。

「睡吧……別再作難過的夢了。」

像這樣子聊著天，我幾乎就快忘記了。明明俊輔的笑容、聲音和溫暖，都和以前沒有兩樣，但是為什麼──俊輔卻不在了呢？

原本理所當然的日常生活，如今回首去看，卻耀眼得無法直視。回憶越是閃耀，落下的影子也就越是濃烈。

──好想回到三個人總是天經地義般在一起的那些日子。

回到還未能察覺這樣的日子如此重要，而能無憂無慮地度過每一天的那段時光。

「俊輔……」

「嗯？」

我再次握緊俊輔的手。

「不要消失喔。」

「……」

「要一直牽著我的手，不要再一聲不響地消失了……」

「……」

在俊輔落寞的微笑守護下，教人昏昏欲睡的睡意如浪潮襲來。

「……俊輔……」

我想再跟他多說點話，但意識彷彿遭到拉扯、吞沒，漸次飄遠。

——亞優。

在墜入睡眠深淵之前，好像聽見了俊輔呼喚我的名字。

第九章

1

「……這麼說來，和久井是因為二宮才死的嗎？」

「就是這樣吧。」

「好恐怖！怎麼回事，太慘了吧？」

「慢著，這樣子不構成殺人罪嗎？」

「不，他並沒有殺人的意圖，所以是那個吧，叫做什麼……好像是過失致死罪？」

「警察不會逮捕他嗎？」

「不知道。因為還未成年，被罵一頓就沒事了吧？」

我站在女子更衣室前，聽著門後班上女同學的議論紛紛。為了體育課換好運動服後，我和日南子一起走去體育館，卻發現忘了帶最重要的室內運動鞋，所以跑回來拿，但是……和上次一樣的那群小團體正疾言厲色地說長道短，我無法走進裡頭。

聽到別人說拓己的壞話，比起說我的壞話更讓我難受。單是站在這裡聽著，胸口就像被人千刀萬剮，很想摀住耳朵。

——乾脆當作自己忘了帶室內運動鞋吧……

我再也忍無可忍，後退一步正準備離開時——

「對了，芹香……妳是不是也該放棄二宮了啊？」

「對啊，就連我們現在看到他也是退避三舍了。」

「再這樣下去，妳會被大家以為和他同一陣線喔？那很不妙吧？」

隔了幾秒，傳來柔弱的話聲。

「嗯……坦白說我也有點……覺得該放棄了。」

「……」我抬起低垂的頭。

「而且拓己同學不知道什麼時候開始，也退出了足球社。我之前喜歡的是踢足球的拓己同學呢……」

「咦！他退社了嗎？」

「也難怪他待不下去吧。如果是個人競技也就算了，但足球是團體運動耶。絕對待不下去，氣氛會很糟吧。」

「也是呢——」

「芹香，妳這樣做是對的。」

「嗯……」

接著聽見憂鬱的嘆氣聲，井上芹香輕聲說：

「真想不到拓己同學是這種人……把朋友害死了以後，還能一臉若無其事地來學校，這點我真的有點無法理解呢。」

——大腦裡頭有什麼東西猛然斷裂。

我不知道那是憤怒還是其他情緒，但感覺到一鼓作氣翻湧上來的情感燒紅了臉，回過神時，我已經用右手粗魯地打開更衣室大門。

井上芹香與圍在她身旁的四人都半張著嘴看向我，沒有一個人有著我在大腦潛意識裡所想像的惡魔外表。

「妳……」熱血衝上腦袋，無法順利發聲。「妳們……」

拓已和俊輔的臉龐浮現至眼前，我不甘心又難過，腦門像著了火一樣發燙——感覺隨時要癱倒在地，大聲哭喊。

「他才沒有……若無其事……」

隨著擠出喉嚨的聲音，淚水從雙眼撲簌滾下。

「拓已……才沒有一臉若無其事。他哭了好多次，非常自責，都已經到了極限……卻還是不想逃避，所以才鼓足勇氣來學校……就連足球……明明妳們根本不知道，他是抱著什麼心情放棄足球的……」

我的聲音近乎哭聲。

「明明不懂拓已的心情……也不懂俊輔的心情……卻說什麼他如果不踢足球，那放棄算了這種話……」

至此已是極限，想說的話全都變成了淚水，連同嗚咽一起溢出。所有人都茫然地望著站在原地抽搭哭泣的我。

「——同學。」身後響起日南子的聲音。「想說別人壞話的時候，要不就直接對本人說，如果要在背地裡說，多少也要有點罪惡感吧。妳們這樣光明正大地大聲八卦，周圍的人會很不舒服。」

五個人各自互相對看，尷尬地垂下眼瞼。

「我覺得這樣子很不好——因為如果是自己遇到同樣的事，會很難過吧？」

『我覺得這樣子做不好，因為如果是自己遇到同樣的事情，會很難過吧？』

「……」

我哭喪著臉緩緩轉過頭去，瞪著五個人的日南子忽地放柔表情，轉為傷腦筋的微笑。

「亞優，我們走吧。」

＊

走在通往體育館的走廊半路上，開始上課的鐘聲響了。

「妳剛才……」

我出聲說，牽著我的手走在走廊上的日南子回過頭，露出淘氣的笑容。

「對，完全是照搬和久井說過的話。那時候剛換班，大家都在欺負向居老師，那傢伙把大家訓了一頓吧。『如果是自己遇到同樣的事情，會很難過吧？』——那句話真的很帥，我差點要迷上他。可是，那傢伙之後馬上就開始打瞌睡，結果還被老師罵。」

想起當時，日南子嗤嗤笑了起來。

「剛才的亞優也很帥，跟和久井不相上下喔。怎麼說呢……太痛快了，就像一直下著的雨終於放晴了。」

「……」

我仰望著體育館後方無邊無際的藍天。

昨晚氣象局發佈，秋雨鋒面已經脫離日本本島進入東海上空。漫長的秋季梅雨結束，秋日的好天氣似乎會持續一段時間。

「我……把井上同學當成出氣筒了。」

「……」

「除了她們五個人，一定還有很多人也一樣這麼看待拓己，我卻把對那些人的怒氣全都發洩在她們身上……」

每個人重視的事物都不相同。無論井上同學的心境如何變化，我都不能責怪她。

「亞優真堅強呢。」

「咦？」

「我真是嚇到了。這麼乖巧的亞優，竟然會為了二宮做出那種舉動。」日南子做出促狹的表情。「我說過了吧？二宮和井上芹香之間才沒有愛。能夠保護二宮的，就只有亞優而已。」

「……」

保護拓己……我嗎？

「我……能夠為拓己做些什麼嗎……」

「什麼都不能做也沒關係啊。」

「……」

「不管那傢伙怎麼推開妳，只要一臉滿不在乎地黏著他就好了吧？就算現在只能這麼做，但總比自己胡思亂想，勉強自己離開他要好得多。因為亞優也想待在二宮身邊吧？妳只要做自己想做的事就好了，很簡單吧。」

『至少待在亞優身邊的時候，我想變得堅強。』

『我會保護妳。從今以後，由我保護妳——』

當時拓己說過的話，正是我現在的想法。

由誰保護誰，也許並不重要。無論多麼痛苦，只要兩個人在一起——我們一定就能變得更堅強一些。

「明白了吧？所以別再被那隻充滿怨念的熊迷惑了喔。」

「……」

想起垂掛著的小熊可憐兮兮的臉蛋，我忍不住噗哧笑出來，日南子也哈哈大笑。
——充滿怨念的熊……

2

「早安……」
週六早上，一踏進客廳，我便疑惑於充斥屋內的食物香氣，走向飯廳。
「早安。」
坐在餐桌旁看著報紙的，是難得早起的父親。
「爸爸，你要出門嗎？」
「不，沒有啊。」
「是喔……」
明明爸爸近來幾乎每逢週五就喝酒晚歸，星期六總是睡到快中午才起來。我在心裡暗自歪頭不解。
「亞優，早安。」
母親將煎蛋盛在盤子上，笑著對我寒暄。
「……早安。」
我的頭又偏得更歪了。母親很久沒在週六做早餐了，最近假日早晨，大家都是各自活動。早餐就安靜地吃前一天在超市買好，在餐桌上堆成小山的特價麵包，我都快要習以為常了。

「洗過臉了嗎？」

「咦，嗯。」

「那來幫忙吧，可以幫我烤吐司嗎？」

「知道了，要幾片？」

「我想想，現在章吾也快起床了……」

才說到一半，就聽到從二樓走下來的咚咚作響腳步聲。

「早安——」

出現在客廳的哥哥，頭髮就像幽默短劇裡戴的假髮一樣爆炸蓬鬆。

「早安。好了，先去洗把臉吧。」

「是是噗——」

「喂，章吾！不要學你爸。」

「喂……」聽到母親這句話，父親啪沙地放下報紙。「我沒有說過那種話吧？」

「是嗎？」

久違的父母親拌嘴，和熱騰騰的早飯。

——感覺……好像回到了俊輔還在的那時候。

「那要烤幾片吐司？」

我覺得好高興，神采奕奕地打開吐司袋。

＊

「章吾，你今天要幾點出門？」

一家人圍著餐桌就座，母親邊將萵苣放在吐司上邊問道，哥哥看向時鐘回答：

「嗯……十一點左右吧。因為說好大家一起吃完飯再過去。」

「哥哥，你今天要出門嗎？」

「就是那個啊，之前說過的自行車競賽。宗方一家人都要出場比賽，所以我們足球社的三年級私底下說好，要在終點等他抵達。」

是前陣子哥哥稍微提起過，橫須賀市與三浦市聯合舉辦的自行車競賽。這麼說來，班上也有人說要參加。

「終點在哪裡？」

「在城島，起點是觀音崎，路線聽說就是沿著海岸線一直騎。」

「感覺很舒服呢。」

「對吧？宗方也說這才是樂趣所在。不過，一家人一起參加真是太強了，在我們家根本無法想像。」

「自行車只要能騎到超市就夠了。」母親好整以暇地咬下吐司。

提到自行車競賽，我反射性地聯想起了那輛天藍色公路單車。不知道要到什麼時候，拓己才能再騎上那輛單車，暢快地在海岸線上奔馳。

「亞優。」

我含糊地回應母親的呼喊，萬分小心地將煎蛋移動到吐司上。

「嗯——？」

「對妳隱瞞了拓己那件事……對不起喔。」

「……」

我抬起臉龐，父親、母親和哥哥都神色認真地注視著我。

「二宮先生告訴我們的時候……我們真的不知道該怎麼辦才好。三個人一起商量後，決定等小俊這件事告一段落後再告訴妳。因為那時候擔心如果跟妳說了，妳的內心可能會負荷不了……可是，這件事反而將妳逼入了絕境吧。」

「……」

「我們並不是想把妳屏除在外喔……不過，因為對妳有所隱瞞，就內疚得不敢面對妳，導致整個家變得死氣沉沉也是事實……再加上媽媽也因為小俊這件事很難過，總是延長兼職的時間或儘可能出門，藉此逃避現實……」

「這點我也一樣。」

哥哥說完，父親也接著說：「爸爸也是。」

「不管事實再痛苦，也不該互相隱瞞呢。畢竟我們是一家人，應該也要告訴亞優，讓大家能一起下定決心度過難關，真的很對不起。」

「沒關係了。」我向三人露出笑容。「雖然一開始很震驚……但是，現在我大概可以了解媽媽你們想先瞞著我的心情。可是，以後有重要的事一定要跟我說喔。別看我這樣，其實我很堅強……和媽媽很像。」

母親以指尖擦拭眼角，笑道：

「是啊。希望將來有一天，我們可以笑著聊起小俊。媽媽也會加油……」

眼睛深處發熱，我只是小聲「嗯」了一聲，咬下吐司。

大家都一樣。

不單是拓己跟我，哥哥、爸爸媽媽、日南子——我們都一樣失去了俊輔。

所以……縱使各自懷抱著痛苦與懦弱，縱使那年夏天的記憶、依依不捨的美麗過去已經無法挽回，只要我們不是孤單一人，一定就能邁步往下一個季節前進。

因為這般無可取代的日常生活，今天也洋溢著如此絢麗的光彩。

「……今天晚餐我想吃漢堡排。」

我說完，母親喜形於色地點頭。

「知道了。亞優，妳要幫忙喔。」

「嗯。」

「章吾，你偶爾也在晚餐之前回來吧。可以帶小惠一起過來。」

「真的可以嗎？我先聲明，小惠可是個大胃王。」

「沒關係，那我就多煮一點。」

我暗暗奮戰著，小心不讓吐司上的半熟蛋黃流下來，哥哥突然轉頭看我。

「亞優，妳今天要不要一起去城島？小惠也會來。」

「嗯……不了。」我急急吞下嘴裡的食物說：「我接下來想去拓己家看看……雖然不曉得他願不願意見我。」

「……這樣啊。」

「嗯。現在是拓己最痛苦的時候，我想盡量陪在他身邊。」

「……」哥哥感慨萬千地凝視著我。「知道了。亞優，那就麻煩妳了。」

「嗯，我會努力看看。」

「還有。」

「嗯？」

「過去之前，記得先照鏡子。」

「咦？」

「妳這樣子會被拓己取笑喔。」

哥哥說完，拿起桌上揉成一團的布，粗魯地擦了擦我的嘴角。

＊

走出大門俯瞰坡道下方，橋的另一頭可見小小的二宮自行車行招牌。

——不知道拓己願不願意露一下臉？要是他徹底無視我怎麼辦……

我激勵著自己一鬆懈就會害怕退縮的心，做了一個深呼吸後，踏步前進。下坡走到一半，就在意外現場的護欄前看見熟悉的背影。

「早安。」

走到旁邊開口寒暄，酒井先生夾帶著香菸白煙回過頭來。

「哦，早安。」

「您真早起呢。」

「不，我打工是晚班，剛剛才回來。」

「辛苦了。」

「還好啦。」

沒來由地還不想離開，我並肩站在他身旁，低頭望著河川，流水反射著太陽光熠熠閃爍。

「好久不見了呢。上一次是俊輔的喪禮？」

「應該是吧，大概。」

「四十九天的法事也結束了嗎——時間過得真快。」

酒井先生叼著香菸，心不在焉地望著河面，大概是注意到飄向我的白煙，說著：「抱歉。」然後拿出攜式菸灰缸。

「不過……現實真是太殘酷了。」

將菸灰缸收進口袋後，酒井先生沉重地嘆了口氣。

「活了將近三十年，目前為止我幾乎沒有因為某人的死亡而受到影響。有人過世的時候頂多心想，人總有一死嘛……但是，這次有點不太一樣，感覺非常沉重。最起碼我會覺得，想做的事情若不趁著活著的時候做完，對俊輔很失禮吧。」

「……」

「真希望他還活著。」

酒井先生從超商袋子裡拿出板狀巧克力，供奉在插著鮮花的小花瓶旁。

「我不是要模仿那些老套的台詞，但如果可以，我真的很想代替他。為什麼不是我這樣無趣的人，而是那傢伙呢？我真的由衷心想，那晚如果是我先發生意外就好了。」

「怎麼這麼說……」

「真要追究起來，我還覺得也許都是我害的。那時候——借自行車的時候，如果我去問問要不要幫他買東西——順便幫他買回來的話，那傢伙就不必出門了。雖然我也很清楚，事到如今說這些也無濟於事。」

「……」我忽然間感受到矛盾，全身僵住，困惑地緩緩看向酒井先生的側臉。「那是什麼意思……」

「嗯？」

「你說借自行車的時候……」

「……」聽到我的問題，酒井不解地皺眉。「怎麼？我說了什麼奇怪的話嗎？」

——因為……

「因為……你說的好像那一晚，你曾經騎過那輛自行車……」

「我騎過啊。」
酒井先生淡然自若地說。
「那一晚——在俊輔發生意外之前，我跟平常一樣借了自行車騎去便利商店。」

＊

「有打工的日子，我會在回程路上順便去超商，但星期天一向都在家裡悠哉地消磨時間，所以常常借用自行車。平常我會再早一點去買晚餐，但那天我看書看到打瞌睡。剛好就是那一天，我大約在八點左右向他借車。因為是在七點開始的一小時節目播完後才做好準備出門，所以絕對錯不了。」
拓己坐在摺疊椅上，安靜地聽著酒井先生說明。
水泥車庫內籠罩著涼爽的冷空氣，深處披著灰色蓋套的天藍色單車深深沉睡。
「看！並不是拓己害的吧！」我依然無比興奮，在沙發上傾身說：「拓己確實鎖緊了煞車線。因為在你維修之後，騎過那輛自行車的人就在這裡。酒井先生也說他願意出面向警察作證——我們現在一起過去吧？」
「……」
但是，拓己的表情仍舊陰鬱。看來像是有某種巨大的力量，緊壓住他想肆無忌憚地釋放出來的情緒。

「可是，那為什麼……」拓己美麗的雙眉間皺出凹痕。「為什麼煞車線會鬆開？」

「我也不知道……可能是撞到時造成的衝擊……」

「我覺得不可能，依車子的構造這也不合理……警察也說了，煞車線的狀態是肯定有人拿了工具鬆開。」

「那……」

坐在我旁邊的酒井先生打岔，語氣平淡地說：

「那就表示是有人在二宮同學鎖緊之後，又再鬆開了煞車線吧？」

這句話讓現場一片死寂。

「……是有人惡作劇嗎？」

我問，酒井先生面露難色。

「嗯……如果是附近的小鬼頭惡作劇，充其量也只是刺破輪胎或偷走坐墊吧……按常理來看，可以推論對方是懷有目的做這件事的。」

「目的？」

「也就是想讓俊輔發生意外。不過，這並不是非常可靠的做法，所以我不認為對方一開始就有意害死俊輔。」

「怎麼會……」

我連連搖頭。

「這怎麼可能……因為……沒有人有理由對俊輔這麼做吧？」

「……」

酒井先生不再作聲，靜靜地陷入沉思。

沉默持續了許久，我正拚命整理思緒時，酒井先生再度開口說了：

「我有件事有點好奇。二宮同學在換好煞車片之後，到意外發生的這段期間，曾告訴過任何人你修理了車子這件事嗎？」

「不，沒有。」拓己想也不想就回答。

「原來如此。」酒井先生點點頭。「現在我要說的終究只是假設。假使真的有個人想傷害俊輔，那問題就在於，為什麼對方好巧不巧偏偏選擇了鬆開煞車線這個方法？——會有這種巧合嗎？你們不覺得對方簡直像是知道曾經換過煞車片，才順勢想到這個作法嗎？」

「……」

我的大腦完全追不上這番超乎現實的推論，心跳聲與遲鈍的思考成反比，不斷加快。

「如果真的是這樣，如果『某人』真的存在——就表示對方知道修過車這件事。」

忽然猛烈的哐噹一聲，拓己往上站起。他勉強扶好險些倒下的摺疊椅，站穩在地。我仰起頭，發現他的雙眼震驚地睜大。

「拓己……」

拓己停下所有動作，僵立不動，表情逐漸出現變化，浮現出了驚愕、困惑，以及——憤怒。

「二宮同學，你想起來了嗎……果然告訴過其他人？」

「……」

「拓己……？」

我的呼喊彷彿成了暗號，拓己一個箭步衝向車庫深處，用力掀開灰色蓋套往手邊一丟，再從自行車架上牽下天藍色單車。

「你要去哪裡？」

「我要直接去問本人。」

「咦？」

——本人……？

我們還呆若木雞時，拓己就推著自行車強行推開門，走到了車庫外。我與酒井先生互相對看，慌忙跟上去。

穿過庭院，從敞開的大門衝出去後，只見拓己背對著我們，跨上自行車要從車行的停車場離開。

「等一下……！」

我們竭力以最快速度穿越停車場，才剛彎過轉角——便停住了步伐。

拓己……

延伸向國道的小路兩側是水泥磚圍牆，拓己就站在兩側的圍牆之間，跨下自行車，臉龐朝下地緊握著握把。我跑到旁邊一看，發現他的額頭濕淋淋地布滿冷汗。

『拓己要騎自行車的時候，身體可能是因為抗拒反應，會變得很不舒服。』

「可惡……！」

拓己因不甘心而臉部扭曲，將自行車牽到路邊，靠向鐵網立著。

「等一下，拓己。」我抓住拓己的手臂，緊緊握著以防他逃跑。「你要去哪裡？你指的本人究竟是……」

「亞優。」拓己將手疊在我的手上。「我一定會回來，妳不要擔心，在這裡等我。」

「……」

緊緊握了一下我的手後，拓己輕輕推開我緊抓住他的手，起腳開始飛奔。

望著拓己奔往國道的背影，我裹足不前。要聽話地留在這裡等他？還是——

——怎麼辦？

「戴眼鏡的高個子——這個人妳有印象嗎？」

「……」

我看向就站在身後的酒井先生。

「那天……我傍晚的時候在房間看書，聽到了俊輔的聲音。從窗戶往外一看，看到有兩個人站在公寓前的小路上講話。俊輔揹著足球背包，又推著自行車，應該是才剛修完車，和拓己同學道別後不久。」

「和他說話的人穿著便服，是個戴眼鏡的高䠷男生——因為俊輔用的是敬語，我猜是學長，大概是足球社的吧，因為內容提到了位置。」

我全身竄起雞皮疙瘩。

——難道……

「當時……俊輔曾提到修車這件事嗎？」

「不知道，因為我並不是很認真在聽。不過，那名疑似是學長的男生，確實在修完車直到發生意外這短短的時間裡與俊輔有過接觸，所以很值得向本人確認……也順便確認他有沒有那麼做的動機。」

「……」

『絕不輕易拱手讓人……畢竟我從以前到現在，也不是悠哉地在玩社團。』

那次宗方學長瞬間流露出的鬥志浮掠過眼前，我緊握住自己快要顫抖起來的手臂。

當時，宗方學長應該剛得知自己從原本位置上被換下來。

如果學長湊巧聽說了修車這件事，如果想到了用自行車故障來讓俊輔受傷這種方法——哪怕只是小小的意外，就算出事之前就被發現，那也無可奈何。但是，如果運氣好，也許至少能讓俊輔受傷。倘若學長有這種想法——

「酒井先生。」

「嗯？」

「這輛自行車想麻煩您。」我轉向酒井先生。「這輛自行車對拓己來說很重要，不可以放在這種地方……」

「我知道了，牽回車庫就行了吧？」

「謝謝您。」

我將天藍色自行車交給他，欠身道謝後追在拓己身後狂奔。

——不能讓拓己一個人過去。

想到拓己眼底沸騰的怒火，我咬緊嘴唇。

現在拓己失去了理智，說不定會一時衝動做出不該做的事情，所以不能置之不理。越是這種時候，越得陪在他身邊。

我奔跑著看向手錶，距離比賽開始還有很充裕的時間，拓己的目的地恐怕就是宗方學長所在的起點觀音崎。

來到國道上，我看見拓己站在馬路另一頭。車輛往來頻繁，還找不到車流之間的縫隙可以鑽過去時，拓己已經朝著車道舉起手來。一輛計程車立即被他吸引似的停了下來。

「拓己……！」

我的大喊眨眼間就被車流聲彈回來。拓己搭乘的計程車迅速發動，不久躍進車流中消失不見。

——怎麼辦？總之我也得到對面叫計程車——

附近到處都看不見行人信號燈或天橋，即使想過馬路，車流卻始終沒有中斷。我在原地來回徘徊，幾乎快要哭出來。

「亞優！」

這時我聽見熟悉的聲音，扭過頭後，看見我的黃色自行車正以極快的速度從住宅區的狹窄巷弄間疾馳而來，然後——

「上來，快點！」

穿著制服的俊輔在我眼前緊急煞住車子，用拇指示意後頭的貨架。

「俊輔……」我泫然欲泣地抓住自行車的車籃。「怎麼辦？俊輔……拓己搭計程車過去了。」

「放心吧，假日的十六號國道根本不是我的對手。要去觀音崎，絕對是我們更快。」

俊輔雙手放開握把，擺出沾麵店老闆的姿勢，露出一口白牙。

「不准小看當地的自行車少年！」

＊

風在耳邊咻咻呼嘯，速度越來越快。自行車因為階梯的高低落差哐咚彈跳，我輕叫出聲。

「接下來是下坡，抓緊我喔！」

探頭一看，自行車正衝進像是強行切鑿絕壁拓成的細窄小路。我忍不住閉起眼睛，將臉龐埋向俊輔的背部。車輪的旋轉聲在四周不斷碰撞迴盪，紛紛劃過耳邊又逝去。

「接下來是右轉，小心！」

我配合著俊輔的指示擺好姿勢，感覺到將自己身體往預期方向扯去的巨大離心力後，更是緊緊抱住俊輔的身體。

＊

這是第二次我與俊輔自行車雙載。

第一次是小學的時候，我在海邊的岩石區摔了一跤，膝蓋受傷流血。可能是傷口剛好在血管附近，血遲遲沒有止住。越來越害怕的我哭了起來，俊輔就讓我坐在自行車後座上，如風一般朝著醫院狂奔。

「媽媽說過，」我抽抽噎噎地嘟囔：「女孩子要是留下疤痕，以後會嫁不出去，所以不可以受傷。怎麼辦，要是留下疤痕……」

「我才不介意。」俊輔略直起腰，踩著踏板騎上坡道說：「就算老婆的膝蓋有疤痕，我也完全不在意。所以妳放心吧，別哭了。」

「……」

「接下來是下坡，抓緊我喔！」

煞車聲吱呀大響，自行車開始騎下緩坡，速度慢慢加快。我竭盡全力緊緊攀著俊輔的背部，盯著自己流血的膝蓋。俊輔還小的背部顯得非常巨大，T恤飄來海潮的氣味。

＊

俊輔遠比當時寬厚許多的後背破風前進，他扯開喉嚨咆哮：

「這種時候別在我背後哭啦……我沒辦法安慰妳耶！」

他的怒吼穿透背部，直接灌進耳中。

我也不知道這陣眼淚為什麼而流，只是倚著俊輔的後背哭泣著。我在俊輔和一陣強風包圍中——

「——喂，亞優！」

和那時候一樣盯著自己的膝蓋，放聲痛哭。

第十章

1

自行車停在一處可以俯瞰海岸的坡道上。

「……到……了……」

俊輔氣喘如牛，渾身無力地靠在握把上。

「你沒事吧？」

我揉著隱隱作痛的屁股跳下貨架，低頭察看俊輔。

「……不、不用管我……妳、快點過去……」

俊輔費盡力氣才擠出這句話，臉色鐵青地用兩手指向觀音崎公園。

「嗯……」

我迅速從口袋裡拿出手帕，擦去俊輔額上的汗水。

「俊輔，謝謝你──那我走了。」

我後退了兩、三步，轉身就跑。跑在有著大幅彎度的道路上，回過頭時，只見俊輔跨在自行車上，直到看不見蹤影為止都朝著這邊揮手。

＊

比賽會場設置在觀音崎公園內，休息區旁邊的停車場裡。

——人好多……

公路自行車一字排開，參賽者們穿著五顏六色的自行車服。除去工作人員和參觀民眾，少說也有兩百人以上吧。乍看之下參賽者從小朋友到老年人，不分男女老少皆有。

所有人各自做著暖身操或談天說笑，消磨著比賽開始前的時間，但在這片安詳和樂的氣氛中，也存在著教人神經緊繃的緊張感。人潮擁擠的起點前方可見崎嶇不平的斷崖岩表，更前方是一望無垠的氤氳大海。秋季的海邊籠罩在不同於夏季的柔和日光下，孩子們小小的身影在海浪邊嬉鬧玩耍。

我走進會場尋找宗方學長。根據自己估算的時間，我應該比拓己早到。若先找到學長，跟在他旁邊，就能夠制止拓己。

行進期間我自認很仔細地察看了經過的每一個人，卻很快就穿越人潮來到另一頭。

——看來要找到學長比想像中還困難……

很多人都和學長一樣體型清瘦又高䠷，而且大家都戴著安全帽，所以很難從髮型和氣質找人。我重新打起精神，打算再度走進人潮裡時——

「亞優？」

我猛然回頭，穿著白色自行車服的宗方學長就站在那裡。

「怎麼了？咦……難道是來替我加油？」

「……」

看見本人始料未及地主動登場，我呆滯得一句話也答不上來，學長便自己回答：「不可能吧。」然後露出苦笑。

「不跟妳開玩笑了，是有妳認識的人來參加嗎？但我沒聽章吾提起過。」

「不……」

我目不轉睛地望著學長。

——真的是這個人嗎……

不知道他已在我心裡掀起了滔天巨浪般的疑惑，宗方學長仍面帶一如既往的斯文微笑。此刻一站在本人面前，依據事實所推敲出的假設竟開始慢慢失去真實感。說不定是我們自己產生了天大的誤會。

——可是。

『那名疑似是學長的男生，確實在修完車直到發生意外這短短的時間裡與俊輔有過接觸，所以很值得向本人確認。』

酒井先生說得沒錯。就算我們的假設出錯，但當時和俊輔說話的人，真的是學長本人嗎？學長與俊輔之間又說了什麼？至少我想確認這兩件事。

「請問。」

「嗯？」

我猶豫不決著，但仍切入正題。

「我有事情……想問宗方學長。」

「咦？」

「抱歉，在比賽之前打擾你。」

「不，沒關係……呃，是什麼事？感覺有點可怕。」

看見我像被逼得走投無路的樣子，學長不安地神色僵硬。

「是關於那天……俊輔發生意外那一天的事。」

「……」

都已經起頭了，再遲疑也沒用。我打定主意，接著說道：

「學長，傍晚的時候，你曾在坡道半路上遇見俊輔嗎？」

「啊……」學長立即點頭。「嗯，我們確實見過面。」

「希望你能告訴我當時的事，你和俊輔聊了什麼？」

「……」

——為什麼現在才問這種事？

學長臉上浮現出了理所當然的困惑。

「呃，對不起……雖然這件事不該現在問你……」

「不——沒關係啦。」

宗方學長依然一臉不知所措，看向戴在左手腕上的運動錶。

「時間所剩不多，但在宣布準備起跑的廣播響起之前，我都可以陪妳。呃……妳想知道我們聊了什麼吧？」

我點點頭後，學長望著半空中像在搜尋遙遠的記憶。

「那天……是啊，對我來說，原本就不是個好日子。因為那一天，我從自己一直守護至今的正式球員位置上被趕下來。」

「……」

「心情很糟地結束練習後，我就直接回家……但待在家裡心情還是很悶，就打算出門去棒球打擊場。就在那時候，我碰巧在坡道途中遇見了練習完要回家的和久井。」

學長將右手支在腰上好一會兒，似乎在回想當時的情景。

「說出來就像在坦白我心胸很狹窄一樣，感覺很丟臉……但是，位置讓給和久井以後，我不僅沒有對他說聲恭喜，練習期間也直到最後都無法直視他的眼睛。但怎麼說呢，當時剛好遇見的和久井他——表情既尷尬，但又對我釋出了所有善意，妳也可以想像那傢伙的那副表情吧？看起來很想鼓起勇氣找我說話，但又怕被我冷眼相待會很難過……這些想法全都寫在臉上，實在太好看穿了……就跟平常的和久井一樣，我忍不住笑了出來。」

學長的雙眼憐惜地瞇作彎弧狀。

「我主動開口叫住他之後，那傢伙就露出了超高興的表情。我還心想真受不了，都已經不是小孩子了，應該稍微掩飾一下自己的感覺吧。」

回想起當時，學長嗤嗤輕笑，然後表情哀傷得黯淡下來。

「如果是其他人，我想我怎麼樣也無法釋懷吧。可是……因為取代我的人是和久井，所以雖然很不甘心，但我在心裡早就認清，如果是輸給他，那也無可奈何。我真的很想親眼看見和久井跟二宮一起站上球場的樣子。」

學長強忍著什麼似的用力抿著嘴巴，抬起頭來。

「我最後對和久井說的話，就是：『加油吧，我會支持你。』雖然非常老掉牙又無聊……但這不是場面話，我是真心這麼想。」

「……」

我曾有一次從教室的窗戶看見學長和俊輔在操場上打鬧，如今那幕光景掠過腦海。

宗方學長開玩笑地要使出頭部固定時，俊輔發出慘叫，同時也大笑著抵抗，以關節技反擊後，就用最快速度落荒而逃。當時卯足全力你追我跑的兩個人，看來就像一對兄弟。

——不對，不會是這個人。

宗方學長是真心疼愛著俊輔，非常重視他。這樣的前輩怎麼可能對俊輔的自行車動手腳……果然不可能，是我們搞錯了。

「學長……」

「嗯？」

「對不起。」

「咦？」

望著宗方學長更是困惑的臉龐，我想起了俊輔親和力十足的笑容。

話又說回來，熟悉俊輔的人會想傷害俊輔這個假設本身就很奇怪。按理說，很難想像俊輔親近的人會對他不懷好意。那麼，果然是毫無關係的陌生人的惡作劇嗎——

「亞優。」

沉默思考時，宗方學長觀察起我的表情。

「最近二宮怎麼樣了？我只知道他退出了足球社，還有……關於那則謠言，那是真的嗎？」

「不，那不是——」

那不是真的——正想這麼回答，我在離宗方學長很遠的後方看見拓己的側臉一閃而過。

「……拓己。」

我不由自主輕喊，宗方學長便往後回頭。

「咦？二宮也來了嗎？」

「啊，對，呃……學長對不起，我先走了！」

「咦……亞優！」

我只是向滿臉狐疑的學長行了一禮，急忙追向拓己。

「呃——大家早安。今天非常感謝各位參加橫須賀市與三浦市聯合舉辦的公路自行車競賽。還有數名參賽者尚未領取臂章，請這些參賽者拿著參賽報名表，到主辦單位交換並且領取——」

帳篷傳來了經由喇叭放大音量的廣播。我跟丟了拓己，東張西望著在人群中穿梭前進。

——等找到拓己，就原原本本地告訴他我剛才和學長聊過後的感受吧。

對於自己從正式球員的行列被撤下來，宗方學長當然也不是心甘情願，但他坦然接受，正視了這個事實。不久之前就有這種預感，說不定多少還做好了心理準備。

最重要的是，學長是打從心底疼愛俊輔。講到俊輔時，那對溫柔的雙眼絕對不是造假。一直在旁看著兩人的拓己，想必比我更了解他們的情誼。

學長並沒有蓄意害俊輔受傷。

那為什麼煞車線會鬆開？不能否認問題又回到了原點，但現在只能先一個個否決掉可能性，再慢慢摸索出真相。

往前走了一會兒後，混在戴著安全帽的人群中，我隱約瞥見了拓己的栗色髮絲。

「抱歉……借過一下，抱歉。」

這次為了不跟丟拓己，我緊緊盯住他的後腦勺，儘可能循著最短路徑前進。

——咦……

隨著距離越來越近，我發現大家都往後避開了拓己站著的地方。

——怎麼了嗎？

我的內心躁動不安起來，走向人牆形成的圓圈。

「——妳聽到我說的話了嗎？」

拓己似乎在對眼前的某個人說話。參賽者們被現場劍拔弩張的氣氛震懾住，站得遠遠地圍觀。我終於走到圍繞住拓己的聽眾們後頭，停下腳步，從眾人之間探出頭，注視他的背影。

「那天晚上，就在俊輔發生意外的稍早之前——八點的時候，曾有人借了他的自行車騎去便利商店。在那個當下，煞車並沒有異常——妳懂了嗎？在我確實鎖緊了煞車線後，有人後來又把煞車線鬆開，時間推測是八點半到九點左右。兇手就是知道俊輔的自行車曾換過煞車片，想順勢利用這個機會的某個人。」

拓已的聲音聽來十分冷靜，但不知是因為緊張，還是因為壓抑著高漲的情緒，實際上有些顫抖。

——他到底在跟誰說話……

我聽著自己耳中越來越響亮的心跳聲，踮起腳尖想確認與拓已對峙的人物。

「妳當時就在店裡吧？跟我爸說話的時候，看到了我在修理俊輔的自行車吧？」

——啊……！

我險些大叫出聲，用兩手摀住嘴巴。

——對喔。

還有一個人。當時——二宮自行車行裡還有一個人。

『明明店裡有叔叔……為什麼是拓已去修理……』

『當然一開始是叔叔在修，但好像是中途有常客上門。』

『常客……？』

『這次橫須賀市和三浦市聯合舉辦了運動單車大賽，對方因為這件事問了許多專業問題，接待客人的時間便因此拉長。這期間，就由拓已代替叔叔接手後續工作。』

之前哥哥說過的「常客」，對方就是——

「是妳做的嗎？就是妳——為了讓俊輔受傷，對自行車動了手腳嗎？」

聽見駭人聽聞的質問，周遭民眾霎時有些譁然。但聽到拓己這麼逼問，對方仍是一逕沉默。等了好一會兒後，拓己大步走上前，與對方縮短距離。

「回答我啊！」

對方的手臂被粗魯抓住，發出了尖銳的叫聲。瞬間，我推開站在前面的人，一個箭步衝出去。

「拓己，不行！」我按住他的手臂，抬頭看著他的側臉極力勸阻。「不可以動粗。拓己，快點放手。」

「……」

拓己眨也不眨地瞪著對方，不甘心地放開手。

「怎麼會……」

宗方學長不知何時跟了過來，站在我身旁低喊：

「媽……」

「不……不關我的事！」

宗方學長的母親穿著與學長不同色的紫色自行車服，扶著自己剛獲得自由的手，面無血色地顫抖著嘴唇。

「我真的什麼也不知道——」

看見她驚慌到甚至引人同情的表情，無須問出真相，答案也呼之欲出。

2

一口氣衝下樓梯，握著扶手三階併作一階地跳下後，四天前殘留在大腿上的肌肉痠痛讓我發出了悲鳴。

——好痛……

我皺起臉龐，但還是驅策僵硬的雙腳繼續跑下樓梯。目標是校舍出入口，在不見人影的走廊上奔跑時，注意到從某處傳來了涼鞋腳步聲，趕緊衝進旁邊的女廁躲起來。

等到響亮的腳步聲經過，我才提心吊膽地探出頭，看見了生輔老師的滿頭白髮逐漸遠去。

——真是好險……

我鬆了一口大氣，這次確實地消除腳步聲，朝著出入口邁進。

＊

「學長。」

開口叫喚後，站在鞋櫃前的宗方學長回過頭來。

「亞優。」他有些吃驚地瞪大雙眼。「現在在上課，妳怎麼跑來這裡？」

「呃……因為我從教室看到學長從大門走進來，就跟老師說要去保健室，跑了出來。」

「是嗎？妳還特地偷跑出來見我啊。」他說完露出一貫的笑容。

「學長……」

「嗯？」

「你真的要休學嗎？」

「……」學長靜靜地將室內鞋放在地板上。「嗯，是啊。今天是因為有很多手續要辦才過來，順便拿東西。」

「……」

「亞優會覺得很寂寞嗎？我真高興。」

學長打趣說道，但我無法順利擠出笑容回應。

在那之後，宗方學長的母親在家人的陪同下，前往所轄警察署自首。現在警方正在調查，詳細的罪行尚未查清，宗方學長的母親已否認有殺人意圖，但基本上承認自己犯有罪嫌。

新的一週到來，內容十分具體的謠言已經在學生之間傳開，學校甚至臨時召開朝會，禁止大家談論這件事。

「因為她至今都擔任足球社的家長會長，在社團內呼風喚雨吧。」

兩人一同走向教職員室時，學長語調平淡地說起自己的母親。

「從以前到現在都不可一世地頤指氣使，結果自己重視的兒子卻被換下來……她大概受到了很大的打擊。因為那天我一回家說了這件事後，她的表情就像是世界末日到了。之後為什麼跑去二宮家，目前還不清楚……但平常她就會跑去向叔叔發牢騷，這次說不定也是想找人抱怨，然後偶然看見了和久井——算了，那之後的事情現在就先不說了。」
學長往上走到一半，在樓梯間停下來，窗外可見空無一人的小小足球場。
「在她心目中，最重要的事情到底是什麼呢？我想最一開始，她的確是為了我們，而想壯大家長會，想要好好努力……但不知不覺間，她的重心轉移到其他地方上了吧。我覺得那個時候，她需要的是『還是正式球員的兒子』，所以就算不是我……」
句子的後續，消失在採光窗外。
「我……以前說過吧？很羨慕你們三個人感情那麼好。」
在教職員室前道別時，學長說了。雖然想不起來是什麼時候，但我點頭回答：「嗯。」
「雖然當時是開玩笑的語氣……但我真的那麼認為。因為我曾經很喜歡你們三個人。」
學長會說曾經，是因為三人中現在少了後輔？還是因為……覺得自己再也不會見到我們了呢？

＊

足球社員們落在操場上的長長影子追逐著球，有如拿著筆寫字般劃下軌跡。我站在沒有其他人的教室裡，從窗戶俯瞰夕陽抹紅的校園，門口響起叩叩的敲門聲。
回過頭後，我「啊」地輕叫。
「怎麼了嗎……好難得喔。」
站在門口的人是拓己。豈止難得，這好像還是頭一次拓己跑來我們班。

「妳還不去社團嗎？」沒有回答我的問題，拓己大步走進教室。「蹺掉社團活動，那個可怕的社長不會發火嗎？」

他邊調侃邊站到我旁邊，和我一樣俯瞰校園。

「我才沒有蹺掉，是放學後被老師叫去幫忙印講義……」

我嘟起嘴，拓己無奈地笑道：

「妳還是老樣子不擅長拒絕別人。很快就要比賽了吧？可以找藉口推掉啊。」

「可是，因為老師很傷腦筋……」

球在球門前被大幅彈開，在淡粉色的空中劃出了拋物線。半晌安靜地望著足球社的練習後，拓己開口說了：

「今天宗方學長來學校了——妳見到他了嗎？」

「嗯……拓己呢？」

「見了，也講了一些話。」

「這樣啊。」

「……他看起來比想像中還痛苦。」

「也是呢……」

憶起宗方學長仍是強裝堅強的溫和微笑，胸口就沉悶地刺痛。

「關於俊輔那件事……他向我道歉，說很抱歉讓我揹了黑鍋，留下痛苦的回憶，但我完全不知道該怎麼回答他，畢竟學長又沒有錯……但是，我也覺得如果向某人道歉，能讓學長好過一點的話，那就這樣吧。」

「……嗯。」

「希望有朝一日……還能在某處重逢。」

想起了學長平常總是溫文儒雅，只在追逐足球時才會顯現出銳利的眼神，我下意識地尋找起如今已不可能在球場上的學長身影。

「比賽是下星期日吧？」

「啊，嗯。」

「我可能不能去看了。」

「是嗎？」

「抱歉。」

「不，沒關係啦……有什麼事嗎？」

「有練習賽。」

「咦？」

「我……想回足球社。」

「……」

轉過臉龐，拓已正聚精會神地望著操場。仔細觀察他若無其事的側臉，可以發現釋放著靜靜的熱氣。

「如果能夠回去的話……那天有練習賽。才剛跑回去，不可能馬上就派我上場吧，但我打算和一年級社員一起從雜務和聲援開始做起，所以非去不可。」

「……」

我的胸口發熱，無法立即答腔。見到我這副表情，拓己略微揚起嘴角。

「接下來我要去找總教練道歉，也重新又寫了這張。」

他從針織衫口袋裡拿出摺作四摺的紙張，攤開後上頭寫著「入社單」。

「真懷念。」拓己低頭看著入社單輕聲說：「在寫入社單的時候，我想起了開學當天，和俊輔一起拿著入社單交給總教練——結果那傢伙被罵字太醜了，不得不當場重寫。」

「……」想像到那幕光景，我不由得會心一笑。

「明明我提醒了很多遍叫他寫漂亮一點，他卻說：『只要有喜歡足球的熱情，這種事又沒差！』但多少還是有關係嘛。」

好氣又好笑地說完，拓己的表情忽然蒙上陰霾。

「我啊，一直以為自己比那傢伙堅強可靠，可是……就連現在這時候，我還是會心想，要是他能在背後推我一把就好了，也才發現原來自己一直以來這麼依賴俊輔，其實自始至終都是他支持著我。」

「……」

拓己望著入社單良久，再整齊摺起放回口袋。

「拓己……」

「嗯？」

「呃……加油喔。只要發自內心說明，對方一定會明白的。」

「嗯。」

但拓己的表情還是很僵硬。

「很害怕嗎？」

拓己聽到我不經大腦的發問，輕聲失笑。

「很害怕啊。不管理由是什麼，我終究逃跑過一次……雖然我已經做好心理準備，不管對方說什麼都要接受，但不瞞妳說，還是很害怕，所以……」

栗色雙瞳先是垂下，再慢慢地轉向我。

「所以我才來見妳。」

「……」

意料之外的話語令我目瞪口呆，拓己往我靠近一步，在近距離下低頭注視我。

「亞優。」

他呢喃似的喊我的名字，胸口深處不禁因之顫動。

「俊輔不在了以後，我才體認到自己多麼軟弱，連我自己也看不下去。所以才覺得我這樣子根本無法保護妳……也沒臉面對俊輔，對自己感到無能為力——可是現在，我認為必須接受自己的軟弱，逞強一點用也沒有。既然知道自己很軟弱，那從今以後再怎麼狼狽也只有變強一途，一切都從這裡開始。」

拓己朝我伸出手，掌心溫柔地捧住我的臉頰。

「現在的我光是向前看，就已經費盡全力，不像俊輔那麼堅強，可是……我會改變的。一點一點地，變得比現在堅強——所以希望妳能在我身邊看著。」

「……」

拓己說完，耳朵火紅得連我也跟著害羞。

胸口內側，對於拓己的依戀靜靜又確實地膨脹滋長，教人幾欲發狂，難以呼吸。劉海底下筆直注視著我的雙眼，比起在車庫內親吻彼此的那天還要凜然一些，看起來很成熟。

「嗯……」

我們很像，都很笨拙。不擅長告訴他人自己的想法，卻擅長放棄。一直以來嚥回肚裡的話語，肯定比一般人要多。

所以從今而後，我要稍微踏進去，接下拓己的一字一句與他的心。就像從前俊輔對我做的那樣，用笑容趕跑悲傷、趕跑鑽牛角尖，對無關痛癢的事情就一笑置之，往後兩人一起。

偶爾也像那晚，兩人一起回憶俊輔直至天明。

大概是難為情得再也受不了，拓己酷酷地別開目光，看向窗外。夕陽更是傾斜，樹木的影子逼近操場，也看見總教練站起來，揮著手表情猙獰地對社員們咆哮。

「拓己……」

「嗯？」

「總教練……看起來心情很不好呢……」

「……」

我們在夕陽下掩飾著害羞，在窗戶底下牽起彼此的手。輕柔地表達著體貼，緊緊地為免再次分開。

不知不覺間，教室裡的喇叭傳出了優美的管風琴音色。

是〈夕燒小燒〉懷念的旋律。

3

將保養完畢的單簧管放回盒內，我謹慎地蓋上蓋子

「這樣就好了……」

混雜著呵欠嘀咕，我抬起頭，時鐘的指針已經過了十二點。整理好桌面，只開著圓型落地燈後爬上床。我無意識地在棉被裡揉著還在肌肉痠痛的大腿，又打了一個大呵欠——手驀地停下。

『睡吧……別再作難過的夢了。』

自從那天在觀音崎道別以後，俊輔不曾再出現過。

第一次出現在我房間，悠哉地剝著橘子皮的俊輔。

下雨天放學後，站在教室窗邊眺望校園的俊輔。

當我哭累了、躺在床上睡著時，牢牢地握著我的手的俊輔。

在能夠俯瞰大海的坡道上跨著自行車，直到最後都朝我揮手的俊輔。

縱使閉上眼睛試圖回想，記憶卻宛如迷霧籠罩般隱晦模糊，不願清楚地復甦。

『接下來是下坡，抓緊我喔！』

那天應該是俊輔騎著自行車，我坐在他後面抵達觀音崎。然而隔天早上，我的雙腳卻貨真價實地留下了肌肉痠痛，好像是我自己踩了踏板一樣。

當時我真的和俊輔兩人共乘了一輛自行車嗎？更何況——出現在我身邊的俊輔究竟是……

『嗨，亞優，妳回來啦。』

那個俊輔是我軟弱到極限的心所產生的幻影嗎？觸感很清晰的手的溫暖、緊緊攀著的寬厚後背……都只是我創造出來的假像嗎？

一切恍若夢境，如今別說伸手觸摸，甚至不確定該把手伸往哪個方向。

「俊輔……」

微弱的呼喚聲，空虛地遁入房間的幽暗裡。

翻過身，我朝著窗戶蜷起身軀。今晚月光也從窗簾縫隙間灑下一道細線。我沒有反抗沉重的眼皮，慢慢閉上雙眼。身體變得沉重，就在快要落進睡夢中時——

——撲通。

聽到自己的心跳，我張開眼睛。

——撲通。

心臟像產生某種預感般快速跳動起來，撞擊著胸口內側。

——撲通。

這個感覺是……

——跟那時候一樣。

——撲通、撲通、撲通。

我坐起身，屏著呼吸靜靜掀開棉被，跪在床上移動，將手伸向窗簾。緩慢拉開後，月光彷彿從傾倒的容器中溢出般傾瀉灑來。

——好漂亮……

偌大的滿月飄浮在夜空中，美得教人說不出話，好一會兒出神注視後——我忽然低下頭。

碩大的櫻花樹矗立在住家後方的停車場上，街燈淡淡照亮了已徹底轉紅的葉子。我凝神細看櫻樹的樹枝，心跳之間的間隔靜靜縮短。

那是——

我走下床，按捺著激動的情緒躡腳離開房間。

＊

「嗨。」

「……」

我站在櫻花樹下，怔怔地張著嘴巴仰望俊輔。每當他高大的身體前後搖晃雙腳，我就很擔心樹枝會不會斷掉。

「妳也上來吧。雖然時間已經很晚，夜景快要沒有了。」

「可是，樹枝會斷掉吧……」

「放心吧，上來。妳知道怎麼爬上來吧？」

「……」

我環顧四周，確認沒有別人以後，踩著樹幹的凹洞，抓住頭上的樹枝，「嘿咻」一聲用力，讓腳踩在位置更高的凹洞上。這是小時候俊輔教我的爬樹方法。

「小心喔。」

「嗯。」

俊輔挪動屁股騰出空間，我抱著樹幹，謹慎地往那根樹枝移動。

「怎麼覺得……樹枝完全沒有彎曲？」

「是妳的錯覺啦。別擔心，這根樹枝出乎意料地很有韌性。」

「……」

樹枝有韌性……？聽起來很沒有說服力，但我姑且相信俊輔的說法，儘可能慢慢坐下。

坐在櫻花樹上俯瞰斑斕燈火已黯淡一些的夜景，自然而然地喚起了兒時回憶。當年還是小學生的我們，曾坐在這裡聊著非常悲傷的事。從以前到現在，我只有那一次見過俊輔掉眼淚。

和淡紅色花朵滿樹盛開的當時不同，此刻迎來了秋天的櫻花樹葉已經轉紅，變作了火紅的櫻樹。

「……好懷念。」

「對吧？」

看見俊輔點頭，我知道他也和我一樣想起了那一晚——與母親有關的那件事。

「俊輔，我啊。」

「嗯——？」

「在那之後我想過了……」

多半是注意到了我鄭重其事的語氣，俊輔將臉龐轉向我。

「我還是決定去見俊輔的媽媽。」

「……」

「我要告訴她，俊輔對於在最後一通電話裡對她那麼冷漠，一直以來都很後悔。」

「……」沉默了半天，俊輔才嘀咕說：「這有意義嗎？」

「……」

「事到如今……她在我還讀小學的時候就分開，現在我又已經不在這世上了，就算知道了我的心情……」

「當然有啊。」

「……」

「因為再也見不到面，才更加有意義。我也是喔。明明有很多事想問俊輔，卻以為隨時都能問你，結果俊輔就毫無預警地消失了……我內心充滿了後悔，一直心想如果那時再跟你多說點話就好了。阿姨肯定也這麼認為，所以……在分隔兩地生活的這段期間，俊輔在這裡是怎麼生活著？又是怎麼長大成人？在那通電話裡，事實上俊輔想對阿姨說什麼？俊輔又在想什麼？至少我想告訴阿姨這些事——這麼做也是為了因無法告訴阿姨這些事，而一直懷抱著後悔的俊輔。」

「……」俊輔望著夜景，顯得若有所思。

映照在他眼底的，也許並不是城市的燈火，而是只在年幼時看見過的，母親那已然有些褪色的笑容。

「是啊……嗯，也許妳說得沒錯。」

長長的沉默後，俊輔說了。

「沒能傳達出去而後悔的事嗎……是啊，我想想……我最遺憾的，確實就是以前那通電話吧。因為我忍不住就發火，說了很難聽的話，所以很想向老媽說聲對不起。」

「……嗯。」

「其實啊，對於老媽，我幾乎已經不怎麼生氣了。因為……回想起來目前為止，我幾乎沒有因為老媽不在就感到寂寞。」

「……」

「不不，我不是死鴨子嘴硬，是真的啦。因為就算老媽不在，我還有亞優的媽媽跟拓己的媽媽；就算沒有兄弟姊妹，也還有拓己、亞優跟章哥；也能踢自己最愛的足球……所以真要我舉出不滿，我反而一個也想不到。的確，如果沒有你們，我大概會把所有人生的不順遂都怪在老媽頭上，詛咒自己的境遇，個性變得很乖僻吧。可是……我的人生並沒有那麼可憐和悲慘。我也真心認為，自己遠比一般人要幸福，所以……」

俊輔用力擦了擦鼻子底下。

「希望妳能替我告訴老媽……『我原諒妳！』」

俊輔在說完後露出的笑容非常安詳——我強壓下湧上心頭的情感，堅定點頭。

「知道了，我一定會轉達，我向你保證。」

我伸出小拇指，俊輔便害臊地用自己結實的小指勾住，甩著手說：「是、是，打勾勾，說定囉。」

然後，我們有一搭沒一搭地聊起往事。每次透過俊輔想起了快要遺忘的回憶時，心臟就因為懷念與不捨而加快跳動，不自覺間聊得忘我入迷。如今重新回頭審視，我再一次體認到，每個重要的回憶裡一定有他們兩個人。

「對了，我再告訴妳一個珍藏的祕密吧。我已經利用這個絕對機密，好幾次讓講起道理絕不輸人的拓己閉上嘴巴了。想知道嗎？」

「嗯，想。」

「不過，只要妳說出這個祕密，那傢伙就會生氣，不發一語地對妳使出鐵爪功，所以只有在確定有路可逃時才能說喔。」

「討、討厭，好可怕，我還是別聽好了。」

「沒關係啦，總之妳先聽我說。我想告訴妳。」

俊輔發出了「嗚呵呵呵」的邪惡笑聲。

「那就是拓己退出少年棒球隊，加入足球隊的理由。」

「……？」

「妳好像忘了，但是，讓拓己開始踢足球的人就是妳。」

「……」

——咦……

猛眨眼睛之後，八成是很滿意我的反應，俊輔得意非凡地接著說了：

「小學的時候，我們都會在下課時間踢足球，妳常常從教室窗戶呆呆地看著我們踢球吧。」

我確實記得自己喜歡從教室眺望校園。當時兩人足球就踢得很好，即使混在大一歲的哥哥的同學們當中，也毫不遜色地大展身手。

「為了讓妳看到我帥氣的一面，我就卯起來比別人更努力射門得分。嗯，這也是我為什麼會擔任前鋒的起源啦。」

「是這樣子嗎？」

「沒錯，男人就是這麼單純。」

俊輔一派裝模作樣地說。

「然後忘了是哪一次，我們剛好四個人都在章哥的房間裡玩，那時候我就問妳：『妳覺得我們四個人中，誰足球踢得最好？』妳就馬上回答：『拓己。』我無法接受地反駁：『為什麼？最常射門得分的人是我耶。』結果妳一邊慢條斯理地畫畫，一邊爽快回答：『俊輔很努力，但踢得並沒有那麼好喔。因為如果不是拓己在球門前傳好球給你，你根本沒辦法射門得分吧？』──我當場被擊沉。」

「……」

──我完全不記得了，但是……

「對不起……」

「唉，那句話真的超狠。當時我就領悟到，要是正面接下女人的言語殺球，絕對會當場斃命的。」

「……」

「不過，後來最讓我震驚的──還是拓己隔天就退出少年棒球隊，加入足球隊這件事。」

「咦……」

「直到那時候我才發現，啊，這傢伙根本是笨蛋，是和我一樣單純的笨蛋。明明平常都一臉滿不在乎，卻因為喜歡女生的一句話，就二話不說轉到足球……當時拓己在我心目中的形象徹底瓦解粉碎。」

「……」

「但換句話說，也是從那一瞬間開始，我們成了情敵。現在想來真的很幼稚……卻也非常開心。」

俊輔用緬懷的眼神仰望夜空。

「亞優。」

「嗯？」

「叫拓己……要好好珍惜妳喔。」

「……」

「如果有什麼事，要馬上向章哥告狀。因為只剩下章哥，拓己會乖乖聽他說的話了。」

「……」

俊輔的聲音非常溫暖。既溫暖——同時也非常溫柔。

「俊輔……」

以哭腔叫喚後，俊輔咧嘴燦笑。

「不過，偶爾吵吵架是不要緊啦……但要馬上和好喔。方法我之前教過妳了吧？」

「……」我吸吸鼻子，擦去眼淚回答：「關鍵在於肋骨……」

「答對了。」

大手粗魯地摸了摸我的頭，我又哭又笑。

＊

後來俊輔又說了幾件關於拓己我不知道的事情，時而笑到抱著肚子的我們，坐在櫻花樹枝上將時光倒轉，拉回現在後又再倒轉。

最終仍無法講完所有的回憶，東方的天空已開始泛白。

「已經天亮了嗎？真快。」

「……嗯。」

我們好一會兒靜默地望著慢慢變幻色彩的東邊稜線。

「該走了呢。」

「……去哪裡？」

俊輔僅是寂寥地笑笑，沒有回答。

「亞優。」

「嗯？」

「老媽那件事，謝啦。也麻煩妳幫我轉達了。」

「嗯……知道了。」

「還有這個。」俊輔一口氣拉起我連帽外套的拉鍊。「我之前就說過了，妳要拉好拉鍊，不知道別人又會用什麼眼光看妳。」

「……是。」

「還有，」俊輔不改語調，若無其事地說：「我想這次是最後一次了。」

「……」

我慢慢地轉過頭，俊輔神色溫柔地注視著我。

在我開口之前，先露出了潔白皓齒。

「這次是真正的——再見了。」

＊

——俊輔不在以後，一切都變了。

理所當然有他在身邊的日常生活果斷地、不留半點痕跡地轉過身，只能目送那教人留戀到心痛的背影，無論怎麼伸手也觸碰不到。那背影前往了很遠很遠的地方，將我拋在原地——

但是總有一天，我們會接受、習慣這樣的生活。

追過俊輔，向前看——一點一滴地淡忘。

我哭哭啼啼地要賴著要他別走，俊輔撫著我的頭髮說：

「謝謝妳——在我心目中，能夠和拓已及亞優三個人在一起，是我最引以為傲的事，也真心希望可以永遠持續下去。記得有一次，三個人一起在沙灘上畫了很大的房子平面圖吧？——那是我的夢想。」

流下源源不絕的眼淚，我坐在櫻花樹枝上痛哭失聲。俊輔一再地用拇指擦去淚水，最後在我的額頭上輕輕一吻。

「下次我絕對不會讓給拓已。」

說完笑了起來。

逐漸轉亮的天空上，光芒即將消失的滿月正神色哀戚地低頭望著我們的別離。象徵開始的光輝灑遍了東方的山頭。

而後——

早晨靜靜帶走了俊輔。

終章

「——我明明提醒過妳那麼多次，離開房間之前要確實檢查有沒有東西忘了帶。真是受不了妳，這些說教就之後再說吧。總之，我們現在要帶著這東西開車出門了。爸，現在起四十分鐘之內可以趕到嗎？對，在市民會館……不確定？如果十六號國道沒塞車的話？……說得也是嘛。呃，反正也只能先趕過去了，因為這不能用替代品——演奏會在一個半小時後開始，我都說了，在那之前還有很多準備工作，所以不在四十分鐘內送過去就沒意義……啊，也對，那先出門吧。喂，亞優？我們會想辦法送過去，大概三十分鐘……不，四十分鐘後在後面的停車場見吧。是貨物搬運口，不要搞錯喔！今天大家都會過去，妳要冷靜，好好加油！那掰啦！——啊，爸，等一下！別忘了要拿給亞優的東西啦！拿去——」

殘留下聲音的餘韻，哥哥掛斷了電話。我愣愣地放下綠色話筒，喀啷喀啷，聽到好幾枚十圓硬幣掉下來。

「妳家人說什麼？」

在一旁等著的日南子探頭問失魂落魄的我。

「他們說現在要開車過來……」

「是喔，真是幸好他們還沒出門。」

「聽說是媽媽化妝化太久……」

「嗯，不說這個了。有辦法趕上嗎？」

「如果十六號國道沒有塞車，大概勉強可以……」

「……充滿不確定性呢。」

「……」

日南子使力拍向我消沉垮下的肩膀。

「結束以後再來沮喪吧！總之妳手上還有幾個之前用過的，比較沒那麼適合的簧片吧？如果來不及，就只能用那些簧片了——趁現在先選一個最順手的，走吧！」

「是……」

我們匆匆忙忙的腳步聲被吸進地板的厚重地毯裡。

市民會館的大廳內還沒有觀眾的身影，但是等到數分鐘後開始入場，這裡就會人山人海吧。舞台已經架設完畢，走廊上播放著優美的古典背景音樂。距離我們上場表演，還有一個半小時。

——來得及嗎……

追著快步走在前方的日南子，腦海中浮出了遺留在自己房間桌上的簧片盒。

為了比賽，好不容易磨合出了感覺最順手的簧片，卻在正式上場的日子忘記帶來，我這個人真是……

「喂！亞優，快點！」

「是……！」

日南子兇巴巴地催促，我跳了起來，欲哭無淚地起腳追上去。

＊

三十分鐘後，我向日南子送去眼色，便悄悄溜出準備室，在二樓大廳內快步前進。整面的落地玻璃牆外是遼闊藍天，太陽已經高掛空中。

喇叭靜靜傳出了他校的演奏，距離正式上場只剩不到一小時。我已經先選好了替代用的簧片，現在也只能在停車場等到最後一分鐘，如果還是來不及，就只好用替代簧片吹奏了。

『我說妳啊……明明是為了練習單簧管才去學校，卻忘了帶單簧管，在搞笑嗎？』

我忽然間想起了那次俊輔為我送來單簧管，被他臭罵一頓的光景。

——這次竟然換作忘了簧片，真是太沒有長進了……

邊為自己的沒用沮喪不已，往前走了一段路，盡頭卻是一道牆。還以為往這邊走會連到樓梯，想不到是死路。

「……」

但話說回來，貨物搬運口所在的停車場在哪裡呢……

我帶著想哭的心情來回張望四周，卻看不見任何導覽圖。稍微往原路折返，貼在大廳的玻璃牆上往下俯瞰，雖然看見了停車場，但我不知道是不是哥哥口中的那一個。

——怎麼辦？總之，要先繞到另一邊下樓……

林蔭大道前方的十六號國道似乎比平常還要壅塞，我害怕率先預見到「來不及」這個最糟的結果，決定當作沒有看見，離開玻璃牆邊。才走了兩、三步，我突然驚覺到什麼，立刻停下腳步。

——咦……？

我轉身再度撲向玻璃牆，定睛察看林蔭大道，有輛自行車正從車道旁邊往這裡疾衝。

那是——

天藍色自行車越來越近，我的眼睛也隨之越睜越大。看見騎著自行車的人轉眼間就抵達正下方的停車場出入口，緩緩地騎進來，我這次朝著有樓梯的方向拔腿狂奔。

＊

推開貨物搬運口的鐵門，衝到屋外。跨坐在天藍色公路車上，在門外等著我的人就是拓己。

他有些氣喘吁吁，從足球背包裡拿出我的簧片盒，遞給我說：

「拿去，這樣就好了吧？」

「啊……嗯……謝謝你……」

伸出兩手接下的同時，背後傳來鐵門關上的巨大聲響，拓己輕戳一記我的額頭。

「這麼重要的東西，不要忘了啦。」

「對不起……」

我因大感意外而呆若木雞，拓己嚴肅的表情倏地變作笑臉。

「我剛才走去公車站時，碰巧遇到開車的章哥他們。騎自行車絕對比較快，所以我就跑回家牽車，幫妳送過來。」

「練習賽呢……」

「現在再過去也來得及，搞不好還會比巴士早到。但比賽之前不能騎自行車或機車，要是被發現，總教練會大發雷霆吧。」

「……」我低頭看向顯得意氣風發的天藍色自行車。「你現在能騎自行車了嗎？」

「妳現在情況這麼緊急，還有時間擔心別人嗎？這當然是小事一樁。」

拓己說得氣定神閒。

「啊，對了。」接著似乎想起了什麼，拓己打開鞋袋的拉鍊，向我展示裡頭的足球鞋。「我會在今天的比賽上用這個。」

深藍色鞋子上緊緊綁著螢光橘色的鞋帶，鮮豔的對比色彩讓胸口深處發熱起來。

「拓己，加油喔……」

「嗯，我覺得今天會踢得很不錯，都是多虧了這雙鞋帶。而且——」

拓己沒來由地別開視線。

「現在又看到了妳。」

「……」

「……」

「拓己。」

「幹嘛？」

「耳朵好紅……」

「囉嗦。」拓己粗魯地搓了下自己變紅的耳朵，再用修長的食指戳向我的額頭。「好了，再不快點進去就糟了吧？」

「啊……嗯。」

「雖然我沒辦法看，但妳加油吧。」

「謝謝——拓己也是，要小心車子喔。」

「嗯！」

拓己讓自行車稍微後退，轉動握把正要一百八十度轉彎時——不知怎地中途改變主意，停下動作，回到剛才的位置上。

「……嗯？」

還來不及歪過頭，手腕就被抓住，順著拉扯的力道往他靠近後——兩人的雙唇輕輕重疊。

＊

回到準備室，裡頭只剩下北村社長。

「趕上了嗎？」
「是！」
「那走吧，大家都去舞台旁邊的準備室了。」
「好的！」
我迅速準備好單簧管，跟在學姊身後衝出準備室。

＊

在那之後，我一次也沒有見過俊輔。
時間過得越久，俊輔握住手時的溫暖，以及嘴唇落在額上時的觸感也越來越淡薄。
也許那是在作夢，也許一切全是我創造出來的幻影。
但是——我現在仍然不時會回想起那個時候。

『抓緊我喔！』
破風前進的自行車，車輪在階梯之間彈跳的衝擊，我拚命抓緊的俊輔寬厚背部。
『喂，亞優！這種時候別在我背後哭啦……我沒辦法安慰妳耶！』
——俊輔給予我的所有溫柔。

哪怕是夢也好，是幻覺也罷，是俊輔溫暖了、拯救了我快要支離破碎的心。
即便向前進，即便開始習慣——
我也永遠都不會忘記。

＊

「接下來出場的是私立橫須賀北陽學園高中，演奏的曲目是——」
主持人說完以後，現場慢慢湧現掌聲。我享受著宜人的緊張感，因耀眼的聚光燈瞇起眼睛，站在舞台上環顧觀眾席。
在鞠躬行禮的指揮前方，我看見了爸爸、媽媽和哥哥，發現自己又下意識地尋找起俊輔，不由得揚起苦笑。指揮轉過身來，我聽見了坐在身旁的日南子細不可察的短促深呼吸。
想著前往比賽會場的拓己，想著自行車那美麗的天藍色——我定定凝視著高舉起的指揮棒尖端。

國家圖書館出版品預行編目資料

離別前，再說一次再見 / 櫻川咲渚 著；
許金玉 譯.-- 初版.-- 臺北市：平裝本.
2016.02
面；公分.--（平裝本叢書；第428種）
（@小說；52）
譯自：サヨナラ自転車
ISBN 978-986-92591-3-2（平裝）

861.57 104027976

平裝本叢書第428種
@小說052

離別前，再說一次再見

サヨナラ自転車

"SAYONARA JITENSHA"
by Sanagi Sakuragawa
Copyright © 2013 by Everystar Co., Ltd.
Original Japanese edition published by Discover 21, Inc., Tokyo, Japan
Complex Chinese edition is published by arrangement with Discover 21, Inc.
Illustrations by usi
Complex Chinese Characters © 2016 by Paperback Publishing Company Ltd., a division of Crown Culture Corporation.

作　者—櫻川咲渚
譯　者—許金玉
發行人—平雲
出版發行—平裝本出版有限公司
台北市敦化北路120巷50號
電話◎02-27168888
郵撥帳號◎18999606號
皇冠出版社（香港）有限公司
香港上環文咸東街50號寶恒商業中心
23樓2301-3室
電話◎2529-1778　傳真◎2527-0904
總編輯—龔橞甄
責任編輯—蔡承歡
美術設計—程郁婷
著作完成日期—2013年
初版一刷日期—2016年02月
初版三刷日期—2018年06月
法律顧問—王惠光律師
有著作權・翻印必究
如有破損或裝訂錯誤，請寄回本社更換
讀者服務傳真專線◎02-27150507
電腦編號◎435052
ISBN◎978-986-92591-3-2
Printed in Taiwan
本書定價◎新台幣280元 / 港幣93元

•皇冠讀樂網：www.crown.com.tw
•皇冠Facebook：www.facebook.com/crownbook
•皇冠Instagram：www.instagram.com/crownbook1954
•小王子的編輯夢：crownbook.pixnet.net/blog